名家文学典藏

世间最美的相遇

王尔德经典作品选

[英]王尔德 著

林徽因等 译

图书在版编目（CIP）数据

世间最美的相遇：王尔德经典作品选 / (英) 王尔
德著；林徽因等译. — 重庆：重庆出版社，2023.8
ISBN 978-7-229-17405-7

Ⅰ.①世… Ⅱ.①王… ②林… Ⅲ.①童话 – 作品集
– 英国 – 近代 Ⅳ.①I561.88

中国版本图书馆CIP数据核字（2022）第251764号

世间最美的相遇：王尔德经典作品选
SHIJIAN ZUIMEI DE XIANGYU:
WANGERDE JINGDIAN ZUOPINXUAN
[英] 王尔德 著 林徽因等 译

责任编辑：杨秀英
责任校对：刘小燕
封面设计：张合涛

重庆出版集团
重庆出版社 出版

重庆市南岸区南滨路 162 号 1 幢 邮政编码：400061 http://www.cqph.com
天津融正印刷有限公司印刷
重庆出版集团图书发行有限公司发行
E-MAIL：fxchu@cqph.com 邮购电话：023-61520417
全国新华书店经销

开本：880mm×1230mm 1/32 印张：5.5 字数：100 千字
2023 年 11 月第 1 版 2023 年 11 月第 1 次印刷
ISBN 978-7-229-17405-7

定价：38.00 元

如有印装质量问题，请向本集团图书发行有限公司调换：023-61520417

目　录
Contents

夜莺与玫瑰

　　"她说只要我为她采得一朵红玫瑰，便与我跳舞，"青年学生哭着说，"但我的花园里何曾有一朵红玫瑰？"

　　橡树上的夜莺在巢中听见了，从叶丛里往外望，心中诧异。

　　"我的园子中并没有红玫瑰，"青年学生的秀眼里满含泪珠，"唉，难道幸福就寄托在这些小东西上面吗？古圣贤书我已读完，哲学的玄奥我已领悟，然而就因为缺少一朵红玫瑰，生活就如此让我难堪吗？"

"这才是真正的有情人，"夜莺叹道，"以前我虽然不曾与他交流，但我却夜夜为他歌唱，夜夜将他的一切故事告诉星辰。如今我见着他了，他的头发黑如风信子花，嘴唇犹如他想要的玫瑰一样艳红，但是感情的折磨使他的脸色苍白如象牙，忧伤的痕迹也已悄悄爬上他的眉梢。"

青年学生又低声自语："王子在明天的晚宴上会跳舞，我的爱人也会去那里。我若为她采得红玫瑰，她就会和我一直跳舞到天明。我若为她采得红玫瑰，将有机会把她抱在怀里。她的头，在我肩上枕着；她的手，在我掌心中握着。但花园里没有红玫瑰，我只能寂寞地望着她，看着她从我身旁擦肩而过，她不理睬我，我的心将要粉碎了。"

"这的确是一个真正的有情人，"夜莺又说，"我所歌唱的，正是他的痛苦；我所快乐的，正是他的悲伤。'爱'果然是非常奇妙的东西，比翡翠还珍重，比玛瑙更宝贵。珍珠、宝石买不到它，黄金买不到它，因为它不是在市场上出售的，也不是商人贩卖的东西。"

　　爱是件非常奇妙的东西，比翡翠还珍重，比玛瑙更
宝贵。

青年学生说："乐师将在舞会上弹弄丝竹，我那爱人也将随着弦琴的音乐声翩翩起舞，神采飞扬，风华绝代，莲步都不曾着地似的。穿着华服的少年公子都艳羡地围着她，但她不跟我跳舞，因为我没有为她采得红玫瑰。"他扑倒在草地里，双手掩着脸哭泣。

"他为什么哭泣呀？"绿色的小壁虎，竖起尾巴从他身前跑过。

蝴蝶正追着阳光飞舞，也问道："是呀，他为什么哭泣？"

金盏花也向她的邻居低声探问："是呀，他到底为什么哭泣？"

夜莺说："他在为一朵红玫瑰哭泣。"

"为一朵红玫瑰吗？真是笑话！"他们叫了起来，那小壁虎本就刻薄，更是大声冷笑。

然而夜莺了解那青年学生烦恼的秘密，她静坐在橡树枝上，细想着"爱情"的玄妙。忽然，她张开棕色的羽翼，穿过那如同影子一般的树林，如同影子一般地飞出花园。

青青的草地中站着一棵艳美的玫瑰树，夜莺看见了，向前飞去，歇在一根小小的枝条上。

她对玫瑰树说："能给我一朵鲜红的玫瑰吗？我为你唱我最婉转的歌。"

那玫瑰树摇摇头。

"我的玫瑰是白的，"那玫瑰树回答她，"白如海涛的泡沫，白如山颠上的积雪，请你到日晷旁找我兄弟，或许他能答应你的要求。"

夜莺飞到日晷旁边那棵玫瑰树上。

她又叫道："能给我一朵鲜红的玫瑰吗？我为你唱我最醉人的歌。"

那玫瑰树摇摇头。

"我的玫瑰是黄色的，"他回答她，"黄如琥珀座上美人鱼的头发，黄如盛开在草地未被割除的水仙，请你到那个青年学生的窗下找我兄弟，或许他能答应你的要求。"

夜莺飞到青年学生窗下那棵玫瑰树上。

她仍旧叫道："能给我一朵鲜红的玫瑰吗？我为你唱我最甜美的歌。"

那玫瑰树摇摇头。

他回答她说："我的玫瑰是红色的，红如白鸽的脚趾，红如海底岩下蠕动的珊瑚。只是严冬已冰冻我的血脉，寒霜已啮伤我的萌芽，暴风已打断我的枝干，今年我不能再次盛开了。"

夜莺央告说："一朵红玫瑰就够了。我只要一朵红玫瑰呀，难道没有其他法子了？"

那玫瑰树答道，"有一个法子，只有一个，但是太可怕了，我不敢告诉你。"

"告诉我吧，"夜莺勇敢地说，"我不怕！"

"方法很简单，"那玫瑰树说，"你需要的红玫瑰，只有在月色里用歌声才能使她诞生；只有用你的鲜血对她进行浸染，才能让她变红。你要在你胸口插一根尖刺，为我歌唱，整夜地为我歌唱，那刺插入你的心窝，你生命的血液将流进我的心房。"

夜莺叹道："用死来买一朵红玫瑰，代价真不小，谁的生命不是宝贵的？坐在青郁的森林里，看那驾着金马车的太阳，月亮在幽深的夜空驰骋，是多么快乐呀！山楂花的味儿真香，山谷里的桔梗和山坡上的野草真美，然而'爱'比生命更可贵，一只小鸟的心又怎能和

　　焰光的色彩是爱的双翅，烈火的颜色是爱的躯干。
她有如蜜的口唇，若兰的吐气。

人的心相比呢？"

忽然她张开棕色的双翼，穿过如同影子一般的花园，从树林子里激射而出，冲天飞去。

那青年学生仍旧僵卧在方才她离去的草地上，一双美丽的秀眼里，泪珠还没有干。

"高兴吧，快乐吧！"夜莺喊道，"你将要采到那朵红玫瑰了。我将在月光中用歌声来使她诞生，我向你索取的报酬，仅是要你做一个忠实的情人。因为哲理虽智，爱却比她更慧，权力虽雄，爱却比她更伟。焰光的色彩是爱的双翅，烈火的颜色是爱的躯干，她的唇甜如蜜，她的气息香如乳。"

青年学生从草丛里抬头侧耳静听，但是他不懂夜莺所说的话，只知道书上所写的东西。

那橡树却是明白了，悲伤蔓延在他的心头，他非常怜爱在树枝上结巢的小夜莺。他轻声说："唱一首最后的歌给我听吧，你离去后，我将会感到无限的寂寞。"

于是夜莺为橡树歌唱，婉转的音调就像银瓶里涌溢的水浪一般清越。

唱罢过后，那青年学生站起身来，从衣袋里掏出一本日记簿和一支笔，一边往树林外走，一边自语道：

"那夜莺的样子生得确实很漂亮，这是不可否认的，但是她有感情吗？我怕没有！她其实就像许多美术家一般，尽是表面的形式，没有诚心的内涵，肯定不会为别人而牺牲。她所想的无非是音乐，可是谁不知道艺术是自私的。虽然，我们总须承认她有醉人的歌喉，可惜那种歌声也是毫无意义的，一点也不实用。"

他回到自己房间，躺在小草垫上，继续想念他的爱人，过了片刻就熟睡过去。

待月亮升上天空，月光洒向宁静的大地，夜莺就飞到那棵玫瑰树上，将胸口压向尖刺。疼痛顿时传遍她的身躯，鲜红的血液从体内流了出来。她张开双唇，开始整夜地歌唱起来，那夜空中晶莹的月亮，也倚在云边静静地聆听。

她整夜地啭着歌喉，那刺越插越深，生命的血液渐渐溢去。

她最先歌唱的，是少男少女心里纯真的爱情，唱着唱着，玫瑰枝上开始生长一苞卓绝的玫瑰蕾，歌儿一首接着一首地唱，花瓣一片跟着一片地开。起先那花瓣是黯淡的，如同河上笼罩的薄雾，如同晨曦交际的天色，那枝上玫瑰蕾，就像映在银镜里的玫瑰花影子，映照在池塘的玫瑰倒影。

但是那玫瑰树还在催迫着夜莺往自己的身子紧插那根刺。

"靠紧一些，小夜莺呀，"那树连声叫唤，"不然，玫瑰还没盛开，黎明就要来临了！"

夜莺赶紧把尖刺擦得更深，悠扬的歌声更加响亮。她这回所歌颂的是成年男女心中热烈如火的爱情，唱着唱着，玫瑰瓣上生长出一层娇嫩的红晕，如同初吻新娘时新郎的绛颊。但是那刺还未插到夜莺的心房，玫瑰花的花心尚留着白色，只有夜莺的心血才可以把玫瑰的花心彻底染红。

那树又催迫着夜莺往自己的胸口紧插那根刺。

"靠紧一些，小夜莺呀，"那树连声叫唤，"不然，玫瑰还没盛开，黎明就要来临了！"

夜莺赶紧把刺又插深一些，深入骨髓的疼痛传遍她的全身，玫瑰花刺终于刺入她的心房。那挚爱和家中不朽的爱情呀，卓绝的白色花心如同东方的天色，终于变作鲜红，花的外瓣红同烈火，花的内心赤如绛玉。

夜莺的声音越唱越模糊，她拍动着小小的双翅，眼睛蒙上一层灰色的薄膜。她的歌声越来越模糊，觉得喉咙里有什么东西哽咽住似的。

但她还是唱出最后的歌声，白色的残月听见后，似乎忘记了黎明，在天空踌躇着。那玫瑰花凝神战栗着，在清冷的晓风里瓣瓣开放。回音将歌声领入山坡上的暗紫色洞穴，将牧童从梦里惊醒过来。歌声流入河边的芦苇丛中，苇叶将信息传与大海。

那玫瑰树叫道："看呀，看呀，这朵红玫瑰生成了！"

然而夜莺再也不能回答，她已躺在乱草丛中死去，那尖刺还插在她的心头。

中午时分，青年学生打开窗户，忽然，他惊呆了。

"怪事，今天真是难得的幸运，这儿居然有朵红玫瑰！"他叫着，"如此美丽的红玫瑰，我从来没有见过，它一定有个很繁长的拉丁名字。"说罢便俯身下去，把红玫瑰采摘下来，然后戴上帽子，手里拈着玫瑰花，往教授家跑去。

教授的女儿正坐在门前卷一轴蓝色绸子，一只温顺的小狗伏在她脚边。

青年学生叫道："你说过，我若为你采得红玫瑰，你便同我跳舞。这里有一朵全世界最珍贵的红玫瑰。你可以将她插在你的胸前，我们同舞的时候，这花便会告诉你，是我怎样地爱你。"

但那女郎只皱着眉头。

她说："我怕这花儿配不上我的衣服吧，而且大臣的侄子送我许多珠宝首饰，人人都知道珠宝比花草要贵重得多。"

青年学生傻了，这就是爱情的真相吗？失望顿时占据他的整个心神。

"你简直是个无情无义的人。"他怒道，将红玫瑰掷在街心，一个车轮从红玫瑰上面碾过。

"无情无义？"女郎说，"我告诉你吧，你实在无礼，况且你到底是谁啊？不过一个学生文人，我看像大臣侄子鞋上的那种银纽扣你都没有。"说完就站起身走进屋子。

青年学生懊恼地走着，自语道："爱情是多么无聊啊，远不如伦理学实用。它所告诉人们的，全是空中楼阁与缥缈虚无的幻想。在现实的世界里，首要的是实用，我还是回到我的哲学和玄学书上去吧。"

他回到房中，取出一本笨重的、满堆着尘土的大书埋头细读起来。

快乐王子

　　快乐王子的雕像位于一根圆柱上，这根高高的圆柱直冲入城市上空的云霄。他有着一对蓝宝石一般的明亮眼睛，穿着镶满金色叶子的衣服，还佩戴着一把威风凛凛的宝剑，剑柄上镶嵌着一颗亮闪闪的红宝石。

　　是呀，人人都赞美他。"他像风标一样好看"。一位自认为很有欣赏水平的政府议员说道。可他又担心，自己会被别人看成一个不讲求实际的人，事实上他倒是挺务实，接着他又说道："不过他倒是不如风标有用。”

　　“你怎么就不能像快乐王子那样呢。”望着哭闹着要月亮的小男孩，聪明的母亲安慰道：“你看看快乐王子，他可从来不会哭着要东西，做梦都不会。”

　　一位惆怅之人静静注视着这座神奇的雕像，喃喃自语：“世间还有这般快乐的人，这可真令人高兴。”

　　孤儿院的孩子路过他身旁时，忍不住夸赞说：“他真像一位天使。”他们披着红色的斗篷，胸前还带着干净的白围嘴儿，正从教堂往外走。

　　数学老师不解地问：“你们从来没见过天使，怎么知道他长得像天使呢？”

　　孩子们齐刷刷地回答道：“我们梦见过天使啊。”老师又恢复了往日的严肃，看起来他并不希望孩子们做梦。

　　一天夜里，一只小燕子从城市上空飞走了。虽然伙伴们六个星期前就飞往埃及了，可他却因为太舍不得漂亮的芦苇姑娘而掉了队。春天刚刚开始时，他们就相遇了。那时，他正顺着河流追逐一只大大的黄色飞蛾呢。他喜欢她那柔软细腻的腰肢，于是走上去跟她打招呼。

　　"我能喜欢你吗？"小燕子问道。他总是这样直接。芦苇姑娘朝着他深深鞠了一躬，他快乐地绕着她飞舞了一圈又一圈，翅膀将水面掀起了阵阵波澜。整个冬天，他都是这样度过的，这是他表达热爱的独有方式。

　　"这段恋爱真是荒唐。"别的同伴纷纷劝他说，"她不仅穷，还有那样多的穷亲戚。"的确，整个河面散布着许许多多的芦苇。秋天的时候，其他的燕子都飞走了。

　　自从伙伴们离开后，孤单的燕子有些讨厌起自己的爱人了。"她不善言辞，还总是跟风调情，我真担心她会是个水性杨花的人。"他倒也没说错，只要风轻轻一吹，芦苇姑娘总会优雅地鞠上一躬。"她的确是个恋家的人，可我喜欢四处游历，所以我的妻子也应该热爱旅行。"燕子说道。

　　"你愿意跟我去旅行吗？"燕子最后一次问道。可惜芦苇姑娘还是摇摇头，她太舍不得自己的家了。

　　燕子生气地说："看来你也并非真的爱我，再见吧，我要去金字塔了。"说完，他挥挥翅膀，向远处飞走了。

直到夜幕降临时，飞了一整天的燕子才降落在了这座城市。"我该去哪儿睡觉呢？真希望这里有早就准备好的睡处。"

不久，他发现了那高高圆柱上的雕像。

"这儿是个不错的地儿，我就住这里吧，"他大声说，"这里的空气真新鲜。"他停在了快乐王子雕像的双腿之间。

他四处看了看，小声说道："我的寝室是金的。"他刚刚把头枕在翅膀下，准备美美睡一觉时，一大滴水落了下来。"真是怪了！"他嚷嚷起来，"天空上布满了亮晶晶的星星，一点儿云也没有，怎么就下雨了呢。北欧地区的天气真是糟糕透了，芦苇倒是喜欢雨，可那也是她的一点私心罢了。"

接着，又一滴水掉了下来。

"连雨都遮不住的雕像，算什么雕像？"他不满地说道："我得去找个不错的烟囱。"

他还没来得及展开翅膀，第三滴水又掉了下来。他忍不住抬头看了看，天哪！他看见什么了？

那哪里是雨水，是快乐王子的眼泪啊。月光下，他英俊的脸庞上挂满了泪水，一滴滴泪水正顺着他那金色的面颊往下流淌。

燕子问他说："你是谁呀。"

"我是快乐王子。"他回答道。

"那你为什么哭呢？瞧你，把我都给淋湿了。"燕子问道。

王子的雕像说道："从前，我是一个真正的人，拥有一颗活人的心。那时候，我住在一个叫无忧宫的地方，从来不知道什么是眼泪。白天，人们在花园里陪我跳舞；夜晚，我便在宫殿大厅里带领大家跳舞。一堵高大的院墙围绕着花园，而我对院墙外的世界一无所知，只知道我生活的小世界是那样美好。要是这样就算快乐的话，那时候的我真是无比快乐的。我一直这样快乐地生活着，一直到死去。如今我死了，成了一座雕像，高高矗立在城市中央，得以看见一切的苦痛和丑陋，就算我的心是坚硬的铅做的，也忍不住要痛苦地哭泣。"

"难道他不是纯金的吗？"燕子轻轻地自言自语道。他是一位绅士，从来不大声议论别人的私事。

雕像低沉轻缓的声音再次飘了过来："远处，远

　　无忧宫里从无烦恼与忧愁，白天，快乐王子与伙伴们在花园里玩耍，夜晚便在宫殿里快乐起舞。

处的一条街上，有一间穷苦人的房子。房子的一扇窗户打开着，我看见一位妇女坐在桌子旁。她有着消瘦而疲惫的脸庞，长满了老茧的粗糙双手，十个指头上全是针眼，那是因为她是一个裁缝。她正在赶制一件绣着西番莲的绸缎衣服，是为皇后娘娘最喜爱的宫女缝制的，宫女打算在下次宫廷宴会上穿。房间的角落里放着一张床，上面躺着一个小男孩，那是她生病的儿子。他发着烧，对妈妈嚷嚷着想吃橘子，可家里一贫如洗，妈妈实在没有钱为他买一只橘子，所以他一直在哭。小燕子，善良的小燕子，你能帮我把剑柄上的红色宝石取下来送给她吗？我的双腿被固定在了底座上，没办法移动。"

"我的伙伴们还在埃及等我呢，"燕子回答道，"他们正在尼罗河畔徜徉，跟美丽的莲花交朋友，并且不久后便要飞到法老墓里去冬眠了。法老安静地躺在绣满彩色图案的棺材里，身上裹着暗黄的亚麻布，内部还填满了各种防腐的香料。他戴着一串浅绿色的翡翠项链，双手像是干枯的树叶。"

"燕子，燕子，小燕子，"王子说，"你愿意与我共度这个夜晚，做我的传递使者吗？那个小男孩一定口渴得很，他母亲也十分伤心。"

"可我不太喜欢小孩子。"燕子回答说，"去年夏天，磨坊主那两个调皮的孩子，老是朝正在河边散步的我扔石头。当然，他们可打不着我，我们燕子飞得多快！况且我还生长在一个以行动灵敏著称的家族。无论如何，这种行为总是不友好的。"

可当小燕子看见快乐王子那悲伤的样子时，他又忍不住难受起来。"这里实在太冷了，我会陪着你过夜的，也愿意做你的传递使者。"小燕子说。

"非常谢谢你，善良的小燕子"。王子说。

小燕子取下王子佩刀上的红宝石，衔着它飞向了远处。

路过教堂的塔顶时，他看见了那用洁白大理石做成的天使雕像。飞过宫廷屋顶时，他听到了跳舞的声音，看见一对恋人走到了阳台上。"多美的星星啊"，青年对姑娘说。"多美的爱情！""真希望我的礼服能按时做好，赶得及那场盛会。"姑娘抱怨道："可那些女裁缝太懒了，我已经告诉她们要绣上西番莲了。"

他飞过河流，看见了挂满灯笼的大船。他飞过犹太

　　这件绣着西番莲的绸缎衣服，是为皇后娘娘最喜爱的宫女缝制的，她要在下次宫廷宴会上穿上这件华丽的衣裳。

人聚居的地区，看见老人们在讨价还价，做着买卖。他终于飞到了贫苦妇人的房子前，看了看屋子里的情况。小男孩烧得很厉害，翻来覆去无法入睡，而劳累了一天的母亲已经睡着了，她实在太累了。他飞进屋子，将红通通的宝石放在了妇人做衣服的顶针旁边，又来到小男孩的床边飞了一圈，轻轻为孩子扇了扇风。孩子不禁说道："我感觉凉快多了，看来我要好起来了。"说完，他进入了甜蜜的梦乡。

回到快乐王子身边后，小燕子给他讲述了自己所看见、所做的一切事情。"虽然天气冷极了，可我怎么感觉这么温暖呢？真是怪了。"小燕子对着雕像说。

"那都是因为你做了一件好事。"王子回答说。小燕子认真思考起王子的话来，没过多久也进入了梦乡。每次只要一思考，他总是会打瞌睡。

天渐渐亮了，燕子飞到河边去洗澡。"这可真是件稀奇事，大冬天的居然有燕子。"一位从桥上路过的鸟类学教授说道。为此，他专门写了一封有关此事的信件，并且投给了当地的报社。后来，人们常常引用教授信中的话，虽然他们并不明白这些话的意思。

"今晚我就要去埃及了。"燕子喃喃自语着。一想到即将启程去远方,燕子立马打起了精神。他留心参观了这座城市里每一处值得纪念之处,又在尖尖的教堂顶部停留了一小会。每到一个地方,那里的麻雀就会叽叽喳喳地恭维他:"您真是一位贵客啊。"因此,那晚他高兴极了。

月亮出来之时,燕子飞回了快乐王子那里。他大声询问道:"我就要去埃及了,你有什么需要我去那里办的吗?"

"亲爱的小燕子,你能再陪伴我一个夜晚吗?"王子回答说。

"朋友们在埃及等我呢,"燕子回答,"明天,我的朋友们就要飞到尼罗河的第二大瀑布那里去。那儿的草丛中躺着过夜的河马,花岗岩的巨大宝座上坐着门浪神。他一整晚都凝望着天上的星星,随着星星的闪烁发出一声声欢快的呼叫声。中午时,成群结队的黄狮奔跑下山,去到河边饮水。它们有着绿宝石一样的明亮眼睛,咆哮声甚至盖过了瀑布的怒吼声。"

"亲爱的小燕子",王子说,"城市那一边的远方，我看见阁楼里住着一个年轻人。他趴在桌上认真写着什么，桌上的花瓶中插着一束已经枯萎的紫罗兰。你瞧，他那棕色的卷发乱糟糟的，嘴巴红得像熟透的石榴，一双大眼睛里满是困意。他正在为一位戏院老板写剧本，可他有些写不动了。屋子里没有生火，他看上去又冷又饿。"

"我愿意再陪你一晚。"燕子确实有着一颗善良的心，"那么，我也送他一粒红宝石吗？"

"我的红宝石已经用光了。"王子说，"现在，我只剩下两只眼睛了。它们是用一千多年前印度出产的稀有蓝宝石做成的。你拿出一颗，送给这个可怜的年轻人吧。他把宝石卖给珠宝商人，就能换取一些食物和木柴，维持好生活，再继续把剧本写完。"

"我不能这么做，亲爱的王子。"燕子已经难过得哭了起来。

"亲爱的小燕子，就按照我说的去做吧。"王子说道。

燕子取下了王子的一只眼睛，飞向了年轻人住的阁楼。他从屋顶的洞中轻松地穿进了屋里。年轻人低头托着下巴，没有注意到拍着翅膀飞进来的燕子。等他抬起头来时，发现桌上那枯萎的紫罗兰上躺着一枚闪闪发光的漂亮蓝宝石。

"一定是有人欣赏我了，"他叫喊着："肯定是哪个欣赏我的人送来的，现在，我终于能写完剧本了。"他看起来十分快乐。

第二天，燕子又飞去了海港。他停在一艘大船的桅杆上，看着船上的水手们正在用粗大的绳子将箱子从船舱中拉出来。"嘿呦，嘿呦……"水手们喊着口号，将大箱子一个个拉了出来。燕子喊着："我要到埃及去。"可水手们没有搭理他。月亮出来的时候，燕子只好又飞回了快乐王子身边。

"我是来和你告别的。"燕子说。

"亲爱的小燕子，你能再陪我一晚吗？"王子说道。

"就要到冬天了，"燕子说着，"这里马上就要下雪了，可埃及这时候呢，太阳仍然照耀着翠绿的棕榈树，天气很暖和，池塘中的鳄鱼懒洋洋地躺着，眯着眼看着四周。我的朋友们正在巴伯克的太阳神庙里一边筑巢，一边同淡红色和雪白的鸽子说着动人的情话。亲爱的王子，我必须离开了，但我一定不会忘记你的。明年春天我就回来，再给你带两粒漂亮的红宝石，补上你送人的那两粒。我要为你带回比红玫瑰更鲜红的红宝石，比大海更蓝的蓝宝石。"

快乐王子说："我们待的这广场下站着一个卖火柴的小姑娘，她的火柴全都掉进水沟里了，完全坏了。可是，如果她不能卖些钱回家，他的父亲一定会打她的。她连鞋和袜子都没穿，头上也没有帽子戴，正在那里伤心地哭泣呢。你把我的另一只眼睛取下来，拿给这个小女孩，让她换些钱，就不会挨打了。"

"我能再陪你一夜，亲爱的王子，但我不能再取下你的另一只眼睛了，那样你就会变成瞎子呀。"燕子难过地说。

"亲爱的燕子，请按照我说的去做吧。"王子说道。

燕子只好取下王子的另一只眼睛，飞到了广场下。他飞到小姑娘身边，轻轻地将宝石放到了她的手中。"好漂亮的一块玻璃啊。"小姑娘欢呼着往家里跑去。

燕子又回到了王子那里。他说："你的眼睛瞎了，我决定不走了，永远陪着你。"

"不，亲爱的小燕子，你应该到埃及去。"可怜的王子对他说。

"不，我要永远陪着你。"说完，燕子就躺在王子脚下，安静地睡着了。

第二天，他在王子的肩膀上坐了一整天，为他讲述着自己曾经去过的那些国家，讲述着那些国家里的各种有趣的故事。他说，尼罗河岸边有一种红色的朱鹭，总是长长地排成一行，用长长的嘴捕捉河里的金鱼；他还说起了司芬克斯，它与世界同岁，居住在神秘的沙漠中，知晓人世间的所有事；他说起了手拿琥珀念珠的商人，他们缓缓地跟着驼队前行；又说起了黑得像乌木，崇拜一块巨大水晶的月山之王；他说起了棕榈树上躺着的那条绿色大蛇，二十个僧侣在给它喂糕点；还说起了那群侏儒，他们用一片大大的树叶做舟，乘着它度过了大湖，这些小人还常常同蝴蝶展开战斗。

王子听着他的故事，说："亲爱的燕子，虽然你给我说了那么多有趣或奇特的事，可最最奇特的，还要

富人们在奢华的宅子里寻欢作乐，穷人们却只能缩在家门口挨饿受冻。

属那些男男女女所遭遇的苦难。没有什么比穷苦更奇特了，小燕子，你去城市上空再飞一圈吧，把你看到的事都告诉我。"

燕子在这座城市中飞了一圈，他看见，富人们住在奢华的宅子里寻欢作乐，而乞丐却只能缩在他们的门口受冻挨饿。他飞到昏暗的巷子里，看见那些饥肠辘辘的小孩子露出苍白的小脸，无力地望着脏兮兮的街道。他看见两个孩子待在桥洞下，互相搂抱在一起取暖。"我们太饿了！"他们说。但看守人还是大声地赶走了他们。最后，他们只能走回大雨中。

燕子飞回来后，向王子讲述了自己的所见所闻。

"我的身上贴满了金片，"王子说，"你把这些金片取下来，送给那些穷人吧。人们活着的时候，总觉得金子能带给他们幸福。"

燕子一片一片地啄下王子身上的金片，王子也一点点黯淡下去。后来，燕子将金片分给了自己看见的那些穷人们。孩子们脸上泛起了快乐的红晕，他们在大街上蹦蹦跳跳地玩耍着。"我们有面包吃了！"孩子们高兴地呼喊着。

天空中下起了雪，又一波寒冷天气要随之到来了。街道上一片雪白，泛着亮光；长长的冰柱悬挂在屋檐下，犹如水晶做成的短剑；行人们都穿着厚厚的皮衣，孩子们也都戴上了红色的帽子，在屋外滑冰嬉戏。

燕子感觉到，天气一天比一天冷了，但他实在不愿离开王子，他太爱王子了。很多时候，他只能趁面包师傅不注意，跑到面包店门前啄一点面包屑吃，或者是拍着翅膀来让自己暖和一些。

最后，燕子知道自己就要死了。他用尽剩下的一点力气，飞到王子的肩膀上，轻声地说："亲爱的王子，再见了！我能再亲亲你的手吗？"

"亲爱的燕子，你要去埃及了吗？真为你高兴，"王子说，"你在这儿待得太久了。但我认为你该亲亲我的嘴唇，因为我爱你。"

"我要去的不是埃及，我要去往死亡的地方了。我听说，死亡是睡眠的兄弟，是吗？"

他最后吻了吻王子的嘴唇，然后跌落到王子脚下，死去了。

这时，雕像内部突然发出了一个奇怪的巨响，像是什么东西破碎了的声音。那是王子的心碎声啊！他那颗铅做成的心已经碎成了两半。这可真是一个寒冷的冬天啊。

第二天一大早，市政府的参议员们陪着市长来到广场散步。他们走到了圆柱下，市长抬起头看了看快乐王子的雕像，禁不住感慨：“快乐王子怎么这么难看？”

“是啊，真是难看。”参议员们纷纷说道。平时他们总是附和市长的话，这时候也不忘拍拍马屁。

“天哪，他的佩剑上的红宝石不见了，蓝宝石的眼睛也被挖走了，浑身也不再金光闪闪了，”市长惊讶地说，“现在，他比一个乞丐也好不了多少！”

“是的，没比乞丐好多少。”议员们纷纷附和道。

“瞧，他脚下还有一只死鸟呢！”市长接着说，“我们应该发个告示，禁止鸟死在这儿。”一位文员立马把市长的建议记了下来。

不久，他们把快乐王子的雕像拆了下来。“如今他已经不再漂亮了，也就没有什么价值了。”一位大学的美术教授这样说道。

最后，快乐王子的雕像被熔化掉了，为此，市长还专门召开了一个会议，讨论该如何处理这些熔化的金属。他说："我们当然可以用这些金属来重新铸一座雕像，不如就铸我的雕像吧。"

"我看应该铸我的雕像！"每位议员都认为应该铸自己的像，为此他们吵个不停。后来，我听谈起他们的人说，到现在他们还在争吵呢。

"真是件怪事，这颗破碎的铅心竟然无法被熔化。我看把它丢掉算了。"负责熔化雕像的监工说。最后，他们把它丢弃在一个垃圾堆里，而那里也躺着那只死去的燕子。

"请把这座城市里最珍贵的两件东西拿给我。"上帝吩咐天使说。天使将那颗铅心和那只死去的燕子带到了上帝面前。

"不错，你选对了，"上帝说，"我要让这只小鸟在天堂的花园里唱歌，让快乐王子在我的城堡里赞美我。"

自私的巨人

　　每天下午放学后，孩子们总喜欢去巨人的花园里玩耍。

　　巨人的花园非常大，里面长满了嫩绿的青草，美丽极了。在这里，美丽的花朵像天上的星星那般多，盛开在茂密的草丛间。花园里有12棵桃树，春天，树上开满了粉红色和白色的花朵；秋天，树上则结满了诱人的果实。鸟儿立在树枝上欢快地歌唱着，歌声真动听啊，引得正在玩耍的孩子们都不禁停了下来，聆听他们的歌声。孩子们在花园里快乐地欢呼着："这里真好玩啊！"

一天，巨人回来了。原来，以前他是去看望老朋友，住在康沃尔的食人魔去了。他在朋友那待了七年，把需要说的话全都说完了，这才决定要回到自己家去。他一回到家，就发现了正在花园里嬉戏的孩子们。

他生气地怒吼着："你们在这里做什么？"孩子们吓得全都跑开了。

巨人警告他们说："这是我一个人的花园，除了我，任何人不能进来！"为此，他还专门在花园四周建起了一堵高高的墙，并在墙上挂出来一块牌子，上面写着：

禁止擅自入内　违者必有重罚

他可真是个自私的人啊。

孩子们再也不能去花园里玩了，那他们能去哪里玩呢？街道上灰扑扑的，到处都是硬邦邦的石块，他们没法在那里玩耍。因此，放学后，他们常常来到巨人的花园外，围着高墙走来走去，说着花园里的美好景色。他们常常说："以前我们在那里玩得多快乐啊！"

春天到了，乡野里的花朵全都盛开了，小鸟也在各处愉快地歌唱着。可是，巨人的花园里还是一片寒冬的景象，树木忘了开花，鸟儿无心歌唱，再也没有了孩子们玩耍的愉快身影。一朵花儿从草丛里伸出头，看了看那块严肃的警告牌，带着对孩子们的深深同情，又钻回草丛中继续睡大觉了。但雪花和霜花却十分高兴，她们叫喊着："这里已经被春天遗忘了，看来咱们可以四季都待在这里了。"雪花用自己的宽大斗篷把草地裹得严严实实的，霜花也使整个树木披上了一层银装，她们还把北风也请来了。北风穿着厚厚的皮衣呼啸而至，把花园里的烟囱都给吹倒了。"这里太好了，我们应该把冰雹也请来。"北风说。于是，冰雹也赶来了。他每天都要对着巨人的房子敲敲打打三个小时，把房顶的瓦片吹得七零八落，接着还要绕着整个花园一圈接一圈地跑，不断呼出一阵阵寒冷的空气。

巨人坐在窗户前，望着自己那一片雪白、寒冷异常的花园自言自语："真搞不懂，为什么春天还不来呢？

真希望天气能快些变暖啊。"

可春天就是一直没来，就连夏天也见不到踪影。秋天给无数花园送去了金灿灿的果实，却唯独没有给巨人的花园任何馈赠。"他太自私了。"秋天这样说道。于是，巨人的花园常年是冰冷的寒冬，只有雪和霜，北风和寒冬一直住在这里，肆意地欢歌载舞。

一天早晨，躺在床上的巨人一觉醒来，竟然听到了久违的动听音乐。那声音实在太美妙了，让他误以为是国王的乐师在奏乐呢。其实，那不过是一只小小的梅花雀在窗外歌唱，只是巨人已经很久没听到鸟儿的歌唱声了，所以才觉得这声音如此动听。这时，北风不再呼啸，冰雹也不再下个不停，窗外透进来一缕缕芳香。巨人欢呼着："春天终于来了！"他从床上一跃而起，望向了窗外。

他见到了什么呢？

他见到了一副无比奇妙的画面。孩子们从高墙下的破洞爬进了花园，爬到树枝上坐着，每棵树上都坐着一个孩子呢。树木们见到孩子，开心极了，忙着用花朵装扮自己，还舞动着手臂爱抚孩子们的头。鸟儿欢快地歌

　　巨人见到了一副无比奇妙的画面。在他的花园里,每一棵树上都坐着一个孩子。

唱着，舞蹈着；鲜花也从草丛中伸出头，露出了灿烂的笑脸。此时，花园里的景象美极了，只有远处的一个小角落里依然寒冷如冬。在那个花园最偏僻的角落里，一个个头矮小的小男孩落寞地站在树下，因为爬不上树而急得团团转，伤心地哭泣着。可怜的树还被雪和霜包裹着，北风还在这里肆意呼啸着。大树垂下自己柔软的枝条，对着小男孩慈祥地说："快上来吧，孩子。"可男孩子个头太小了，他爬不上去。

看到这一幕，巨人的心也变得柔软了，他说："我太自私了，难怪春天一直不愿意到我的花园里来。我要把这个可怜的孩子抱到树上去，还要把花园外的围墙统统拆掉，让这里成为孩子们的乐园。"他确实在为自己过去的所作所为感到羞愧和后悔。

巨人轻轻走到楼下，开门走进了花园。孩子们一见他，吓得纷纷跑掉了，花园里立马又恢复了冬日的寒冷。只有角落里的小男孩没有跑，他还在哭泣，没有注意到朝自己走来的巨人。巨人轻轻走到他的身旁，抱起他放到了树枝上。树枝上的鲜花立马开放了，鸟儿也重新飞到枝头放声歌唱。小男孩高兴地搂住巨人的脖

巨人是如此想念这个他心爱的孩子啊。

子，亲吻了他。别的孩子见巨人不像以前那样凶了，又纷纷跑回了花园，而春天也跟着孩子们回来了。

"这就是你们的花园，孩子们！"巨人宣布着。他拿起一把斧头，把四周高高的围墙全都砍倒了。正午时分，据路过这里去赶集的人们说，巨人正跟孩子们一起，在这座最美丽的花园里嬉戏玩耍呢。

巨人跟孩子们玩了一整天，直到天渐渐黑了，孩子们才依依不舍地向他告别。

"你们那个小伙伴呢？就是我抱到树上的那个孩子？"巨人问道。那个孩子亲了他，巨人对他格外喜爱。

"我们也不清楚，可能他已经走了吧。"孩子们回答。

巨人叮嘱孩子们："请一定转告他，明天再到这里来。"可是，孩子们告诉他，没人见过他，也没人知道他住在哪里。巨人听完，心里有些失落。

每天下午放学后，孩子们都会找巨人一块玩。可是，巨人最喜爱的那个男孩却再也没有出现过。虽然巨人对每一个孩子都很好，但他还是十分想念那个男孩，常常提起他。他常常说："要是能再见见他，该多好啊。"

很多年以后，巨人变老了，不再强壮了，他再也不能跟孩子们一块玩耍了，只能安静地坐在躺椅上，一边看孩子们嬉戏，一边欣赏着花园里的美景。"美丽的花儿这样多，可在我看来，孩子们才是最美丽的花朵。"

一个冬日的清晨，巨人起床穿上衣服，望向了窗外。此时，他已不再厌恶寒冷的冬天，因为他知道，这只不过是春天在休息，花儿在冬眠罢了。

突然，他揉了揉眼睛，不可置信地望着眼前那美妙的一幕：花园尽头那棵生长在最角落里的树，此刻开满了洁白的花朵，树枝散发着金色的光泽，银白的果实垂挂在枝头，而那棵树下，不正站着巨人最喜爱的那个孩子吗。

巨人高兴极了，他一路小跑着来到花园，穿过草地，一直来到孩子面前。看到眼前的孩子，巨人的脸色突然变得通红，气愤地问："是谁把你伤成这样的？"因为他看见，孩子的双手和双脚上，都有着明显的钉痕。

巨人怒吼着："究竟是谁伤害了你？我要用刀杀了他。"

"不要！"孩子回答说："它们是爱的伤痕呀。"

"你究竟是谁？"巨人望着他，内心禁不住产生了一种敬畏之情，不自觉地跪在了孩子面前。

孩子微笑地看着巨人，说："你曾经带我在你的花园中玩耍，现在，就让我带你去我的花园吧，那里就是天堂。"

当天下午，孩子们来到花园里时，发现巨人正躺在角落里的那棵树下。雪花落满了他的身子，他已经安静地死去了。

忠诚的朋友

　　这天清晨，一只老河鼠将他的头从洞里伸出来。他的眼睛又小又明亮，脸颊上的灰色胡须坚硬地竖立着。他拖着一条黑色尾巴，看上去就像一条长长的黑橡皮。一群小鸭子正在池塘里游泳，远远看去还以为是一群黄色的金丝雀，母鸭正在教他们在水中倒立，她浑身纯白，还有一对红色的腿。

　　她不停地对他们说："学会倒立才有机会和上等人来往。"她在水中倒立，示范给他们看。但是小鸭子们根本连看她一眼都不看。谁让他们还年轻呢，根本不知道和上等人来往对他们有多大的益处。

"真是一群不乖的孩子！"老河鼠在旁边叫道，"他们就应该被淹死！"

母鸭听到这话，回答说："这可不对，万事开头难，父母必须有耐心。"

"的确，做父母的所思所想我可一点都不明白，"老河鼠说，"我没有家庭，没有结婚，我压根就不愿意结婚。我并不是说爱情本身不好，但我觉得友情才是最高尚的情感。实话告诉你，在这个世界上，除了友情，我还真的找不到一种感情比它更珍贵，更不易的了。"

"既然这样，我想问你，"旁边一棵柳树上坐着的绿色梅花雀听到了这对话，便插嘴道，"你觉得作为一个忠实的朋友，应该尽什么样的义务呢？"

"我也很想知道这个问题的答案。"母鸭也问道，同时继续游到小鸭身边，给他们示范倒立的姿势。

"真是个愚蠢的问题！"河鼠喊道，"要是作为我的忠实朋友，就一定要对我忠实。"

"那你如何回报你的朋友呢？"梅花雀一边问一边

拍着自己的翅膀，一跳就飞到了另一根银色的枝桠上。

"我听不懂。"河鼠回答。

"那么让我给你讲个故事吧。"梅花雀说。

"太好了，我很喜欢小说，如果是和我有关系的故事，我很乐意倾听。"河鼠说。

"你可以把它套用在你的身上。"梅花雀飞到河岸边，开始了《忠实的朋友》的讲述。

"很久之前，"梅花雀清清嗓子，"有个小家伙叫汉斯，他非常老实。"

"他很有名气吗？"河鼠问道。

"不，他并不出名，不过很多人都知道他心眼好，一张又大又圆、和蔼可亲的脸格外滑稽，"梅花雀继续说，"他独自住在一间茅草屋里，外面的园子就是他工作的地方。那个花园太可爱了，方圆百里之内没有能和它媲美的。花园中种着美洲石竹，种着紫罗兰，种着荠，还有法国的松雪草。蔷薇有淡红色和黄色的，有番红花，堇菜有金色、紫色和白色的。耧斗莱和碎米荠，牛膝草和野兰香，莲香花和鸢尾，黄水仙和丁香，它们随着节气依次盛开，花谢花开永不停息。他的花园中任何时候都能看到盛开的花朵，任何时候都可以闻到芬芳的清香。

富有的磨面师大修是小汉斯所有朋友中最忠实的一个，他对小汉斯非常忠实，每次路过他家花园的篱笆时，都一定要拔一大束花或者一大把香草，如果是果实累累的季节，他还一定要装满口袋的梅子和樱桃。

'真正的朋友就应该同甘共苦。'磨面师总是这样对小汉斯解释道，小汉斯每次都微笑着点头，在他心中，他为能有一个思想境界如此之高的朋友感到骄傲。

那个磨面师很富有，他的磨坊里有一百袋面粉，还有六头奶牛和一大群绵羊，但他从来没有分给小汉斯一丁点，这让邻居们感到奇怪；不过小汉斯可从来没有在乎过这些东西，他只在乎他的朋友磨面师为他讲各种奇妙的事情，讲关于真正的友情之间无私的奉献，没有什么比这更令他感到开心的了。

小汉斯依旧在他的花园中辛勤耕耘，除了冬天，其他的三个季节里他都是很快乐的。但是冬天一来，他就会变得饥寒交迫，因为他没有能拿到市场上去卖的果子和鲜花，经常吃不上晚饭，入睡前仅仅吃一两个干瘪的

　　绿色的梅花雀不明白，忠实的朋友究竟要尽到怎样的职责呢？

梨或硬核桃来充饥。最要命的是他会感到寂寞，磨面师从来不在冬天来看他。

磨面师是这样解释给妻子听的：'人在困难的时候需要安静，不希望被人打扰，所以我在这个时候去看小汉斯毫无益处。我认为友情应该是这样互相理解的，并且我相信自己的想法是正确的。所以只有等到雪化了，春天来了，我才能去看望他，他还可以顺便送我一篮子樱草，他也会因此感到高兴。

'你可真会替别人着想啊，你想得可真周到呀。'妻子舒服地坐在壁炉旁的圈手椅上，面对一炉烧得正旺的柴火说，'你口中的友谊真是高尚，我相信这么美好的句子连牧师都说不出来，即便他住在三层高的楼房里，小拇指上还戴着一个金戒指。'

磨面师最小的儿子也插了一句：'难道我们不能邀请小汉斯到家里来做客吗？他那么可怜，要是他真的遇到了麻烦，我希望把我的粥分他一半，还有我的小白兔，他看到一定很喜欢。'

磨面师愤怒地吼道：'傻孩子！你在学校里读的书都白读了吗？你也不想想看，如果汉斯来了咱们家，看见咱们家有这么旺的炉火，这么丰盛的饭菜，还有大桶的红酒，他能不嫉妒咱们吗？嫉妒是件多么恐怖的事情啊，它会泯灭一个人原本美好的天性。我可不希望汉斯的天性被泯灭。因为我是他最好的朋友，我有责任照顾好他，有责任监督他不被任何诱惑打败。再说了，汉斯如果来了咱们家，说不定还会要求咱们给他点儿面粉赊着，这我可绝对不干。面粉是面粉，友情是友情，怎么能混为一谈呢？你念下，这两个单词声音差得远呢，意思更是截然不同，是个人都能看出来。'

磨面师的妻子一边为自己倒了一大杯热乎乎的麦子酒，一边夸赞丈夫：'说得太好了！我都开始打瞌睡了。真的和在教堂做礼拜一样。'

磨面师回答说：'人们往往只会做不会说，能说得好的人太少了，可见说话比行动更难，而且更精彩。'说完他严厉地瞪着桌子对面的小儿子，小儿子满脸涨得通红，不好意思地低下头，眼泪啪嗒啪嗒地掉进了茶杯里。但是，他毕竟还小，需要人们的原谅。"

"故事就这样结束了？"河鼠问道。

"当然不是，这仅仅是个开始。"梅花雀回答说。

"你已经跟不上潮流啦，"河鼠说，"现在的说书人都用新的方法，他们先讲出故事的结局，再讲故事的开端，最后才说中间部分。这话我是从一个批评家那里听来的，那天他正在和一个年轻人围着池塘边散步。他滔滔不绝地讲着，看样子说得不错，因为他是个秃顶，戴一副蓝框眼睛，而且只要年轻人一说话，他就立马'呸！'的一声大叫。不过我还是想听你把故事讲完，因为我很喜欢那个磨面师，我和他一样都有丰富美丽的情感，所以我对他很同情。"

　　"那好吧，"梅花雀一边说，一边换着腿蹦跳，"等到雪化了，冬天走了，樱草开出黄色的小花时，磨面师就对他的妻子说，他想下山去看看小汉斯。

　　他的妻子高声赞扬道：'你真是个心地善良的人儿啊！你总是在为别人着想。记得带个大篮子去，回来的时候别忘了装满鲜花。'

　　磨面师用一根结实的铁链子将风车的翅膀都绑在一块，手臂上挂着一个大篮子，走下了山。

　　磨面师一见到小汉斯便打起了招呼：'早上好呀，小汉斯。'

汉斯身倚铁铲，笑着回答：'早上好。'

磨面师问他：'今年冬天你过得还好吗？'

汉斯高兴地大声道：'啊，你真是个善良的好人，这么关心我。虽然我有过一些艰难的时候，但是春天已经到了，我现在很快乐，我花园里的花儿全都绽放了。'

磨面师说：'这个冬天我们经常谈论到你，担心你该如何生活下去。'

汉斯说：'你真是我的好朋友，我还有点儿害怕你早就忘了我呢。'

磨面师说：'你竟然会有这样令人吃惊的想法，汉斯，友谊最伟大的地方就在于它永远不会使人忘记彼此，不过你也许不懂生活的诗意。还有，啊，你的樱草真美啊！'

汉斯说：'它们是很美啊，我今年的运气太好了，收获了这么多樱草，我要将它们全都带到市里去，卖给市长小姐，用赚来的钱将我的小车赎回来。'

磨面师问：'赎回你的小车？难道你将小车卖了吗？真是个愚蠢的行为！'

汉斯答道："哎，我这是迫不得已啊。冬天真是段艰难的时光，我连买一个面包的钱都拿不出来。我接二连三地卖了很多东西，先是我礼拜天穿的衣服上面的银色纽扣，然后是我的银链子，接着卖掉的是我的大烟斗，最后连我的小车也卖出去了。不过我现在要将它们全都赎回来。'

磨面师说："汉斯，虽然我的小车不是那么完美，它有一边是掉下来的，辐条也经常出问题，但我愿意把它送给你；尽管它的毛病很多，可我依然愿意这样做。因为我是一个很大方的人，尽管很多人会觉得我把它送给你是很傻的行为，但我与众不同。我认为友谊的精髓就在于慷慨，你放心用去吧，我自己还有一辆新的小车。'

小汉斯滑稽的圆脸上露出了惊喜，他说："啊，你真是个慷慨的朋友，我屋里还有块木板，把小车修好对我来说简直是小菜一碟。'

磨面师说："啊，一块木板！有句话说得真对，做好事往往是会传染的。我的仓顶上破了个大洞，我刚好想找块木板来修补一下。还好你提到了木板！我现在把小车送给你，你把木板送给我吧。什么也别说了，小车比木板可贵多了，但是真正的友情绝对不是以金钱来衡量的。你快去拿木板吧，我今天就要修补谷仓了。'

汉斯大喊一声：'我马上去！'转身跑进小茅屋里，拖着一块木板走了出来。

磨面师看着木板说：'这块木板很小啊，估计补了我的仓顶后就没有余地给你补小车了；但是，这也不能怪我。我已经把我的小车送给你了，你肯定希望送我一些鲜花作为报答吧。给你我的篮子，我希望你能装满它。'

小汉斯接过篮子，为难地问：'全装满吗？'这个篮子实在太大了，他很清楚如果将它装得满满的，一定就没有多余的花拿去卖了，可他非常想赎回自己的银纽扣啊。

磨面师回答：'那是当然，我既然把小车送给你了，向你要一些花也不算过分吧。或许是我做错了，但我总认为，真正的友情绝对是无私奉献的。'

小汉斯大喊起来：'我亲爱的朋友啊，你是我最好的朋友，我园子里所有的花儿随你处理。那银纽扣我也不着急用，相比之下我更愿意得到你的友情。'他跑起来，将园子里所有的樱草都摘了下来，磨面师的篮子里装满了美丽的樱草。

磨面师说：'再见了，小汉斯。'木板扛在他的肩头，篮子拎在他的手上，他就这样上山去了。

小汉斯也说：'再见。'他又继续高兴地挖起土来，他太满意那辆小车了。

第二天，磨面师在马路上呼唤他时，他正把耐冬藤往门廊上钉。他从梯子上跳下来，跑到花园里，隔着墙向外望去。

磨面师背上扛着一大袋面粉，站在那儿。

磨面师问：'亲爱的小汉斯，你能帮我把这袋面粉扛到市上去吗？'

汉斯回答：'太对不起了，我今天实在太忙了，必须把那些藤子全都钉起来，还要给花儿全浇上水，还有那些草也需要剪平。'

磨面师说：'好吧，你说得有道理，但我马上就把

我的小车送你了，你这样拒绝我，未免太不讲情面。'

小汉斯大声说：'啊，千万不要这样说，我无论如何也不会不讲情面。'说完他跑进屋里拿起帽子，将那一大袋子面粉扛在肩头，往市里走去了。

那天天气酷热，一路尘土飞扬，汉斯还没有走到第六个里程碑就累趴下了，他休息了一会，又继续鼓起力气向市里走去。他到了市场不一会儿便将那袋面粉卖出去了，而且价格还很高。拿了钱后他立刻便往家赶，天太晚了，他怕耽误时间太长，路上会遇到强盗。

晚上，小汉斯上床睡觉前对自己说：'幸好我没有拒绝磨面师的请求，虽然今天我花了这么多功夫，但一想到他是我最好的朋友，而且还会把他的小车送给我，我就特别高兴。'

第二天一大早，磨面师就来找小汉斯讨要面粉的钱，可小汉斯还在睡觉，他实在是太疲惫了。

磨面师说：'我实话告诉你，你真是个懒惰的家伙。我马上就会把我的小车送你，你更应该勤快地干活才是。懒惰可是有罪的，我可不愿意有个懒惰的朋友。我知道你不会怪我如此坦白的，因为只有真正的朋友之

间才会实话实说。中听的话谁都会说，拍马屁，讨好别人，但是良药苦口利于病，忠言逆耳利于行，真正的朋友永远会把心里话直说出来，如果不是这样坦诚，要朋友做什么呢？所以真正的朋友乐于说些逆耳忠言，因为他知道这样做是一件正确的事情。'

小汉斯揉揉惺忪的睡眼，摘下他的睡帽，说：'我实在是太疲惫了，请你原谅，我还想再睡一小会儿，听听小鸟的歌声，这样我才能更有精神干活。'

磨面师一边拍小汉斯的背一边说：'好，听你这样说我感到很高兴，因为我需要你帮我修补仓顶，需要你立马穿好衣服来我的谷仓。'

可怜的小汉斯很想到自己的园子里干活，他的花儿已经两天没有浇水了，但他不希望拒绝磨面师，因为他是他最忠实的朋友。

他有些惶恐，有些不好意思地低声问道：'要是我说我很忙，你会认为我不讲情面吗？'

磨面师回答：'是的，我既然要把我的小车送给

　　花谢花开永不停息，小汉斯的园子中永远盛开着美丽的花儿，永远都可以闻到芬芳的清香。

你，这点要求我觉得并不过分，不过你要是不情愿，那就算了，我可以自己来补。'

小汉斯一边着急地叫着，一边跳下床来：'啊，绝对不行！'他飞速穿好衣服，到磨面师的谷仓去了。

小汉斯在谷仓里忙活了一整天，从早忙到晚，到了黄昏的时候，磨面师来检查他的工作了。

磨面师高兴地问他：'小汉斯，谷顶上的破洞补好了吗？'

小汉斯一边从梯子上往下爬一边回答：'全都补好了。'

磨面师感叹道：'啊，这个世界上最快乐的事情就是帮助别人啊。'

小汉斯擦着额头上滚滚而下的汗水，坐在椅子上说：'听你这么一讲，我觉得我真是做了一件伟大而光荣的事情，但我害怕我永远也没有像你这样美好的思想。'

磨面师说：'啊，别着急，慢慢来，继续努力，将来你肯定能收获一套自己对朋友的理论的。'

小汉斯又问：'你真的认为我能吗？'

　　磨面师回答：'千真万确，你现在最好回家好好休息，你已经补好了屋顶，明天还要帮我把羊赶到山上去。'

　　可怜的小汉斯一句拒绝的话都不敢说出口，于是第二天一大早，磨面师就把他的羊赶到了小茅屋外面，汉斯只好带着它们到山上去，这一折腾又花掉了他一整天的时间。回到家的时候他太疲惫了，直接躺在椅子上睡着了，一直睡到了天亮。

　　醒来后他对自己说：'今天我在园子里一定会很快乐的。'他立马投入到工作中去了。

　　但是他依旧不能给他的花儿浇水，因为他的朋友磨面师总会跑来打扰他，要么是请求他到很远的地方工作，要么就是要他到磨坊里帮忙。小汉斯害怕他的花儿会以为他忘了它们，所以他很痛苦，不过他依旧这样安慰自己：'磨面师是我最好的朋友，他马上就会把小车送给我，多么慷慨大方的行为啊。'

　　磨面师就这样不停地让小汉斯帮他做事，小汉斯也不断地听着磨面师向自己传授种种关于友情的美丽理论，小汉斯是个很爱学习的人，他将这些理论全都记在笔记本上面，睡前常常拿来读一读。

一天夜里，狂风大作，暴雨肆意，小汉斯正坐在家中烤火，门外突然响起了很大的敲击声。起初小汉斯以为这是风太大的缘故，但更大的敲打声接二连三地响起。

小汉斯自言自语道：'肯定是一个贫穷的路人。'他跑去打开了门。

磨面师站在门外，一只手拎着一个灯笼，另一只手拄着一根拐杖。

磨面师一见到汉斯便大叫起来：'亲爱的小汉斯，我遇上麻烦了，我的小儿子从梯子上掉了下来，受了很严重的伤，但医生住的地方太远了，今晚的天气又这么糟糕，我突然想起了你，如果你能看在朋友的请面上替我请一个医生来，那将是多么好的事情。我马上就会把小车给你的，正好可以作为这次跑腿的报答，这对咱们双方都很公平。'

小汉斯大声说道：'当然没问题，你能在关键时刻想到我，我感到非常荣幸。我马上就帮你请医生，夜里太黑，你把灯笼借给我吧，正好可以防止我跌到山沟

里去。'

　　磨面师回答：'很抱歉，这灯笼是个新的，如果它有什么意外的话，这损失可就大了。'

　　小汉斯说：'那好吧，我不用也可以。'他穿上那件宽大的皮衣，戴上那顶暖和的红色帽子，围上围巾，接着便出发了。

　　这样的夜真是可怕！天黑得伸手不见五指，风呼呼地刮着，小汉斯站都站不稳。但是他依然勇敢地往前走了大约三个小时，才终于敲响了医生的门。

　　'谁啊？'寝室的窗户外探出了医生的头，他大声问道。

　　他说：'医生，我是小汉斯。'

　　医生又问：'小汉斯，你来干什么？'

　　他回答：'磨面师请你马上去他家一趟，他的小儿子从梯子上掉下来受了伤。'

　　医生说：'好的。'他叫人备好马，穿好靴子，拿上灯笼走下楼，他骑着马，小汉斯跟在马后跑着，他们一起朝磨面师的家走去。

　　可是暴雨越下越大，大雨倾盆而下，小汉斯跟不上马的步伐，看不清眼前的路，渐渐迷失了方向，来到了一块危险的沼泽地，四周都是深深的洞穴，可怜的小汉斯就淹死在了这里。第二天，几个牧羊人发现了他浮在大池塘上的尸首，他们将他抬回了他的茅屋。

小汉斯平时很受人欢迎，葬礼那天，大家都赶来参加，而他的好朋友磨面师作为他的丧主，站在最前头。

磨面师说：'我占最好的位置是理所当然的，因为我是他最好的朋友。'他穿着一件黑色长袍，走在队列的最前面，不时用一块大手帕擦擦眼睛。

葬礼结束后，送葬的人们都坐在客栈里面，舒舒服服地享用着香料酒和甜点心，铁匠突然说了一句：'小汉斯的离开，对我们每个人来说都是一个巨大的损失。'

磨面师说：'尤其是对我来说，因为我几乎将我的小车送给他了，现在反倒不知道用它做什么，放在家里又不方便，又不能拿去卖钱，因为它已经烂得不像样。这就是慷慨大方的后果，一个人常常会吃这样的亏，我一定要长长教训，不再轻易送任何东西给别人。"

"之后又如何呢？"听到这里，河鼠沉默了好久才问道。

"如何？我的故事已经讲完了。"梅花雀答道。

"可是磨面师最后的结局呢？"河鼠又问。

"这个，说实话我真的不知道，"梅花雀回答，"我确信我从不关心这个。"

"你的天性中压根就没有同情。"河鼠说。

"恐怕你还不太清楚这个故事告诉我们的教训。"梅花雀说。

"你说什么？"河鼠大声问道。

"教训！"

"难道这故事里面还有教训吗？"

"当然有啊。"梅花雀说。

"好吧，"河鼠有些生气，"我认为你在讲故事之前就应该先告诉我那个教训，如果你先告诉我，我一定不会听你的；老实说，我真应该像批评家一样在结尾的时候说一声'呸'，不过我现在还有机会。"他用尽全力吼出了一声"呸"，尾巴还向上扫了一下，然后回到洞里去了。

"你喜欢那个河鼠吗？"过了一会儿母鸭问梅花

雀，她用脚拍打着水面浮上来，"他有很多优点，但于我而言，因为我有着母亲的情感，所以见到下决心永不结婚的人，总是会落下眼泪的。"

"我倒是怕我把他得罪了，"梅花雀说，"因为我给他说了一个有关教训的故事。"

"哎呦！这倒是一件很危险的事情。"母鸭说。

我完全赞同她刚才说的话。

西班牙小公主的生日

今天是西班牙公主十二周岁的生日，御花园里艳阳高照，一片灿烂。

她虽然是一位血统纯正的西班牙公主，但与穷人家的小孩并没有区别，一年只过一次生日，因此全国人民都把这一天当成一个重要的日子：那就是，她生日那天的天气一定是晴朗的，确实如此，那天天气晴朗，带有条纹的高高的郁金香像一排长列的士兵，直挺挺地立在花茎上，傲慢地望着草地那头的蔷薇花，说："我们现在完全可以和你们相媲美。"双翅带着金粉的紫色蝴蝶到处飞来飞去，排着队去花朵那里拜访；小蜥蜴爬出墙壁的缝隙晒太阳；石榴因为受热而裂，带血的红心暴露出来。沿着阴暗的拱廊，淡黄色的柠檬垂在连缕花的棚架上，似乎在这晴朗的日子里颜色愈发鲜艳明亮了，玉兰树原本紧闭的象牙般的球形花苞也缓缓开启，浓郁的香甜充斥在空气中。

阳台上，小公主和她的伙伴们好像在玩捉迷藏的游戏，绕着石瓶和长了青苔的古石走来走去。若在平时，小公主只能和与她身份地位平等的小孩玩耍，所以没人陪她，她总是孤单一人。但是她生日这天是个例外，国王下令，她可以邀请任何小朋友进宫与她一起玩耍。这群西班牙小孩身材细长，走起路来姿势非常优美，男孩都头戴大羽毛装饰的帽子，身穿飘逸的短外套；女孩都身穿锦缎长衣，走路提着后裾，拿着黑色和银色相交的大扇子遮住射到眼睛的阳光。他们中间最优雅美丽的还是公主，她的装扮是当时最流行的式样，繁重且精致。她穿着灰色绸缎做成的衣服，裙裾和蓬蓬袖上绣满了银花，几排上等的珍珠装饰在硬质胸衣上。她走起路来，绣着大蔷薇花的浅红色小拖鞋就从衣服下面露了出来。她遮挡阳光的大纱扇是淡红色和珍珠色的，苍白的小脸被头发包围，就像是围了一圈褪色的金环，一朵美丽的白蔷薇在她的头发上绽放。

那位愁容满面的国王从宫中的一扇窗里望着这群小孩。在他背后立着的是他憎恶的兄弟，阿拉贡的唐·彼德洛；在他身边坐着的是他的忏悔师，格拉纳达的大宗教裁判官。这时，国王看见小公主向她面前那群小朝臣们认真地躬身答礼，用扇子掩着脸向那个经常和她一起的面容可怖的阿布奎基公爵夫人娇笑，便露出了比以往更加愁闷的神色，因为他不由自主地想到了她的母亲。他感觉这一切好像刚刚发生不久，从欢乐的法国来到西班牙的那位年轻的王后，她始终过着阴郁而华贵的生活，最终在西班牙宫廷中憔悴而死，只留下了一个半岁的女儿。她还没来得及欣赏园子里的杏树再次开花，也没来得及采摘院子中那棵多节的老无花果树上来年的果实，就过早地离开了人世。他是如此深爱着她，所以他不愿她长眠于坟墓中永不露面。据说，一位有信仰邪教和大行魔术嫌疑的摩尔族医生，当时已经被宗教裁判所判了死刑，但国王为了让他将王后的尸首用香料完整地保存起来，居然赦免了他。于是，王后的尸体现在还躺在宫中，在黑色大理石的礼拜堂内一个支着帷幔的尸架上，与十二年前那个起风的三月天里，她被僧侣们抬进去的时候一模一样。每个月中总有一天，国王会走进这个礼拜堂，他裹着一件黑大氅，手提一个遮住光的灯笼，跪在王后身边呼唤道："我的王后啊！我的王后啊！"有时他甚至不顾礼节（在西班牙任何人都要受到礼节的约束，连国王也不例外），在他悲痛欲绝之时，他就抓起她戴着珠宝的苍白的手，在她冰冷的化过妆的脸上狂吻，希望她能被唤醒。

今天他好像又看见她了，如他们在枫丹白露宫中的初遇，那时的他仅有十五岁，而她更年轻。他们在那时就订了婚，典礼是罗马教皇的使节主持的，参加的有法国国王和全体朝臣。之后他便回到了他的西班牙王宫，带着尚留着一小圈黄头发年幼的她，当他登上马车时，她那孩子气的嘴唇吻上了他的手，这美好的回忆一直伴着他回国。在蒲尔哥斯（法国和西班牙两国边境上的一个西班牙小城）他们举行了仓促的婚礼，公开的盛典在京城马德里举行的，按照旧例，要在拉·阿多奇亚教堂里做一次大弥撒，还要举行一次判处异教徒火刑的典礼，典礼比平时更加庄严，近三百个异教徒（里面不少是英国人）将被刑吏烧死在火柱上。

他确实爱她爱到疯狂，为了争夺新世界的帝国，他的国家当时正在发动和英国的战役，许多人认为战争失败的原因就是他对王后深沉的爱。他与她寸步不离；他能将一切国家大事丢到脑后，只是因为她；这种热烈的爱盲目而可怕，那些繁重的礼节加重了她那个奇怪的病症，他却一无所知，还以为这些冥思苦想出来的礼节可以使她高兴。她离去之后的那段时间，他像疯了一样。他之所以没有正式退位，到格拉纳达的特拉卜教派大寺院中修道去，是因为他害怕小公主会被他那个因残酷著名的兄弟虐待，实际上他已经是那个寺院的名誉院长了。在西班牙，他那个兄弟因残酷而著名，很多人都怀疑是他把王后毒死的，说是他在王后到他的阿拉贡宫堡中访问的时候，送了她一副有毒的手套。国王下令服丧三年来纪念去世的王后，甚至在三年之后也不允许大臣们提有关再娶的事情，后来皇帝亲自出面把自己可爱的侄女波希米亚郡主嫁给他，他却派大臣们告诉皇帝说，西班牙的国王已经娶了一名叫"悲伤"的妻子，虽然她不会生育，但他对她的爱是永恒不变的。因为他的回复，他的王国失去了尼德兰的富裕省份。那些省份不久就在皇帝的鼓动下，在少数改革教派的狂信者的领导下，发动了反对他的叛乱。

今天当他望着公主在院子阳台上游戏时，所有关于王后的美好回忆全都浮现在了眼前，他仿佛又重新经历了一次与她在一起的强烈快乐，同时也再一次经历了这美好戛然而止的恐怖的痛苦。小公主有着她母亲一切动人的傲慢态度，那种任性的摆头，那张美丽且骄傲的弯弯的双唇，还有那异常美丽的微笑；偶尔她会抬起头来望向窗外，或是将她的小手伸向西班牙的显贵们亲吻，他看到了她脸上就带着那种笑容。但是他的耳朵被小孩们尖锐的笑声刺痛，阳光明媚而无情地嘲笑着他的悲哀，连早晨清新的空气中也充斥着一种古怪香料（就和保存尸首不让其腐败的香料一样）沉滞的气味——或许这一切都只是他的想象。他用手捂住脸。等到小公主再次抬头透过窗户向外看时，国王早已垂下窗帘，离开了。

她失望地撅起小嘴，耸了耸肩。今天可是她的生日啊，他理应陪着她一起度过。那些愚蠢的国家大事难道就这么重要吗？他会不会到那个阴沉的礼拜堂去了？她不能进那里，但她知道那里永远有蜡烛在燃烧。阳光是这么明亮，每个人都兴高采烈的，他却傻傻地独自躲在那里！假斗牛戏的号声已经传来，更不用说傀儡戏和其他出色的游艺了，他全都会错过的。倒是她的叔父和大宗教裁判官有点人情味，他们来到阳台为她庆贺。所以她美丽的头摇晃着，拉起唐·彼德洛的手，缓慢地下了石阶，向园子尽头一座长长的紫绸帐篷走去，其余的小孩们按照姓名的长短，依次排在她的后面。

贵族男孩们化装成斗牛士排成一队走出来迎接她，年轻的新地伯爵（一个十四岁的英俊少年）向她脱帽致敬，举手投足间透出一种西班牙贵胄王室的优雅气质，他庄重地领她进去，来到场内高台上一把镶金的小象牙椅前面。四周围坐着一圈女孩子，挥着她们的大扇子窃窃私语。场子的入口处，唐·彼德洛和大宗教裁判官面带微笑地立着。连那位公爵夫人（被称为"侍从女官长"的瘦女人，面色严厉，戴着一圈黄色绉领）也不像往常那样皱着眉头，板着严厉的面孔了，她布满皱纹的瘦削脸庞掠过一丝冷淡的笑容，那双没有血色的嘴唇便微微上翘了。

这场斗牛戏的确很壮观，而且在小公主的眼中，远胜过真的斗牛戏（她在帕马公爵来访问她父亲的时候，被人带到塞维尔见识过真正的斗牛戏）。木马都披着华贵的马衣，一些男孩骑在马上挥动着长枪，鲜艳的丝带做成漂亮的长幡挂在枪上，另外的男孩们挥动着猩红色大氅走在"牛"的面前，如果"牛"向他们发起进攻，他们就轻轻一跳越过栅栏；虽然"牛"不过是用柳枝细工和张开的牛皮制作而成，却与活牛一模一样，而且还有活牛做梦都做不到的本领，它们可以仅用后腿绕场奔跑。斗牛斗得很精彩，女孩们站在长凳上，挥舞着花边手帕，兴奋地大喊："好棒啊！好棒啊！"她们仿佛和成年人一样懂事。战斗故意越拖越长，好几匹木马都被戳穿，骑马人也跨下马来，"牛"被那个年轻的新地伯爵折腾得跪在了地上，伯爵恳求小公主允许他下最后"致命的一击"，小公主同意后，他用木剑一剑刺进了

"牛"的脖子，用力过猛导致牛头被砍掉了，法国驻马德里大使的儿子小罗南先生露出了笑容。

掌声经久不停，场子被收拾得干干净净，身着黄黑相交制服的两个摩尔族侍役将木马的尸体庄重地拖走了，这时加进了一个小插曲：来自法国的走绳师完成了他的走绳表演。之后，在一个专门为傀儡戏建造的小剧院的舞台上，来自意大利的傀儡戏班演出了半古典的悲剧"莎福尼士巴"。他们演得太精彩了，动作极其自然娴熟，演出结束后公主已经泪眼婆娑。还有几个女孩竟然开始啜泣，她们需要糖果的安慰，连大宗教裁判官也深受感动，他情不自禁地对唐·彼德洛说，他实在是太难过了，这样一种由木头和染色蜡作原料，受提线机械调动的家伙，居然也会遭遇如此可怕的厄运，生活在痛苦与不幸之中。

接下来进行表演的是一个非洲的变戏法人，他进来的时候手提一个覆盖着红布的扁平大篮子。他将篮子放在场地中央，从裹头巾下拿出一根奇怪的芦管开始吹。过了一会儿，芦管声越来越尖细，布动了起来，从布下面伸出了两条金绿相间的蛇的蛇头，那两个古怪的楔形蛇头缓缓地抬起来，像水中摇摆的植物一样随着音乐晃来晃去。小孩们都很害怕，怕它们那带有斑点的头顶和快速吐出的舌头，但是，当后来变戏法人在沙地上种出一棵小橙子树时，他们完全放松了。橙子树开出了美丽的白花，还结了一串果子，他们高兴极了；最后，变戏法人拿起拉斯·多列士侯爵小女儿的扇子，转眼之间就将其变成了一只唱着歌的青鸟，在帐篷里飞来飞去，孩子们看到后既高兴又惊讶。此外，庄严的"梅吕哀舞"同样精彩，这是由来自毕拉尔圣母院礼拜堂跳舞班的男孩们表演的。为了礼拜圣母，每年五月在圣母的主祭坛前都会举行一次这个盛典，但是小公主一次也没有见过；并且自从一个疯了的教士企图用有毒的圣饼毒死阿斯都里亚王之后，萨拉各萨的大教堂就再也没有任何一位西班牙王族光顾了。所以"圣母舞"是一种怎样的舞蹈，小公主也只是有所耳闻，并未亲眼见过。这的确是非常值得观赏的舞蹈，跳舞的男孩们都戴着奇特的三角帽，银色的穗子从上面垂下来，帽顶上还装饰着大的鸵鸟毛。他们身穿白色天鹅绒的旧式宫装，在阳光下跳舞，耀眼的白衣映衬着他们黑色的皮肤与长发，愈发光芒万丈了。从始至终他们都带有一副庄严尊敬的神情跳舞，错综复杂的舞步徐徐踏着，举手投足间都透着一股讲究的高雅，连鞠躬都气派非凡，这一切都将在场的所有人深深地吸引了。表演完毕，他们摘下羽毛帽向小公主致敬，她也有礼貌地答礼，为了报答圣母赐予的快乐，她还答应将一只大蜡烛送到毕拉尔圣母的神坛上。

接着，场子里走进来一群美丽的埃及人（当时的吉普赛人一般被称作埃及人），他们围成一个小圈，盘腿席地而坐，轻弹他们的弦琴，随着琴调晃动着自己的身体，低声哼唱着一支轻柔的调子。他们看见唐·彼德洛后都皱起眉来，有人甚至流露出了惊恐的神情，在才过去不久的几个星期之前，唐·彼德洛将他们的两个同胞冠之以行巫术的罪名，绞死在塞维尔的市场上。但是小公主的美丽却深深地迷住了他们，她的身子向后靠着，从扇子上方露出一对蓝色的大眼睛，他们相信像她这么可爱的人永远不会残酷对人。所以，他们文静地弹着琴，长而尖的指甲刚好挨到琴弦，他们的头就像打瞌睡那样点着。突然，他们发出了一声异常尖锐的叫声，将小孩们全都吓了一跳。唐·彼德洛以为出现了危险，立刻握住他那把短剑的玛瑙剑柄，警惕地巡视着四周。其实，那只是弹琴的人突然跳起来，绕着场子疯狂地旋转起来而已，他们一边敲打着手鼓，一边唱着热烈的情歌，古怪的语言还带着喉音。后来另一种信号声响起来，他们全都扑到地上躺好，全场鸦雀无声，只听见单调的琴声悠悠回荡。连续几次后，他们消失了，不一会儿，一只毛茸茸的褐色大熊被他们用链子牵了来，还有几只小巴巴利猴子坐在他们的肩头。大熊严肃地倒立，枯瘦的猴子和两个吉卜赛小孩玩起了各种有意思的游戏，比剑，放枪，还完成了类似国王禁卫军那样的正规兵操练。吉卜赛人的演出着实很成功。

但是小矮人的舞蹈才算是清晨所有的游艺节目中最有趣的。小矮人那双弯曲的腿摇晃着移动，畸形的大头不停地摇摆着，连滚带爬地跌撞进场子里，孩子们看到后都高兴地欢呼着，小公主也不由自主地放声大笑，于是那位"侍从女官"必须得一直提醒她，虽然在西班牙，有不少国王的女儿当着一些与她同地位的人的面哭泣，但是没有一位贵族公主当着比她身份低微的人的面如此高兴的。但是小矮人的魔力是无法抗拒的，虽然西班牙宫廷那喜好培养恐怖事物的怪癖广为人知，但也没有人见过如此怪异的小怪物，并且这还是他的处女秀。昨天他才刚被人发现，在环城的大软木树林的最远处打猎的两个贵族遇到了他，当时他正在林子里乱跑，就被他们带回了宫，当作了送给小公主的一个惊喜；矮人的父亲是个烧炭夫，家境贫穷，所以巴不得他那丑陋而毫无价值的孩子能被人收养走。最有意思的是矮人一点也不觉得自己长得丑。他看上去是个天生的乐观派，每天都精神抖擞，孩子们一笑，他也跟着快乐地大笑，笑得和他们一样随心所欲；每次跳完舞，他都会向每一位观众鞠躬、点头微笑，模样甚是滑稽，就好像他与正常人一样，而不是上帝造出来寻开心的畸形家伙。他完全沉迷于小公主的美貌中，目不转睛地看着她，好像这场舞蹈只为她一人而跳。待他跳完舞，小公主记起从前有一次，为了治疗西班牙国王的愁闷，教皇将加法奈利派到马德里来，一展他的歌喉。他是来自意大利的著名高音歌唱家，专门在教皇的礼拜堂里唱歌的。那时宫廷贵妇们向加法奈利献花，表达自己的崇拜之情。此时，小公主便将那朵美丽的白蔷薇从头发上取下来，露出最甜美的笑容，将花丢给了场子里的矮人；他庄重地捡起花，一手拿着它用那粗糙的嘴唇亲吻，一手抚胸跪在她面前，他张大了嘴，小眼睛闪烁着喜悦的光芒。

小公主再也无法矜持下去了，小矮人跑出场子后很长一段时间她还咯咯笑个不停，并且请求他的叔父立马再安排一次这样的表演。但是那位"侍从女官"却要求公主殿下立马回宫去，以防被强烈的太阳光晒伤，盛宴已经在宫里准备就绪，那里摆放着一个大生日蛋糕，上面印着彩色糖果做成的她名字的缩写字母，还有一面可爱的小银旗在旁边飘舞。小公主庄重地起立，命令小矮人在午睡时间继续为她表演节目，又谢过年轻的新地伯爵今日的盛情款待，接着便回宫去了。小孩们跟在她身后，按照来时的顺序排成队走了。

小矮人听说公主亲自下令请他专门为她表演节目，高兴得忘乎所以，得意洋洋地跑到花园中，抱着白蔷薇便是一阵热吻，举止笨拙、怪异，但却充满欢乐。

这位不速之客的突然闯入令花儿们感到非常生气，他们看见他在花园里蹦蹦跳跳，不停地挥舞着双手，可笑极了，他们再也看不下去了。

郁金香喊道："真是个丑陋的家伙，他不应该来我们这么美丽的地方。"

大朵的红百合也生气地附和道："应该让他喝罂粟汁（鸦片水）永远长眠才对。"

"他真是个恐怖的怪物啊！"仙人掌叫着，"他又矮又胖，扭扭歪歪没有个人形，一个大头和双腿根本不成比例。看着他我的眼睛都难受，他要是敢走近我，我立马用刺戳他。"

"可他竟然抢走了我最美丽的花！"白蔷薇树大声嚷道，"我今天早晨将它作为生日礼物亲自送给公主的，可他却把它偷走占为己有了。"然后她拼了命叫道："贼，贼，贼！"

连平时不爱炫耀的低调的红风露草（人们都知道他们也有很多穷亲戚）看见小矮人也都厌恶地将身子盘起；紫罗兰在一旁替小矮人辩解，说他的相貌丑陋是天生的，他也无法改变，风露草立刻做出公平状反驳道，那是他身体的缺陷，再说了，有什么理由因为一个人有绝症就拍他马屁呢？其实有些紫罗兰还是觉得小矮人多半是自己装的丑陋，主要是他现在快乐地蹦蹦跳跳，故意做出怪异的傻动作，假如他总是面带淡淡的忧伤，或者做出深沉的思考状，那看上去会顺眼许多。

至于老日晷仪，这位非常著名的人物，曾亲自为查理五世皇帝陛下报时，他看到小矮人的时候大吃一惊，用带阴影的长指头指着他整整两分钟，几乎都忘记了时间，对那位在栏杆上晒太阳的乳白色大孔雀表达他的观点："众所周知，国王的子女也是国王，烧炭夫的子女也是烧炭夫，这是无法改变的。"孔雀完全赞同道："没错，没错。"她的声音又粗又响，震得喷水池里的金鱼们纷纷从清凉的水里露出脑袋，询问究竟发生了什么事情。

但是他却深得鸟儿的欢喜。他们经常见他来林子里玩耍，有时追逐从空中旋转而下的落叶。

尽管他们听不懂他的话，但没有关系，他们依然做出听懂了的样子将头偏向一边，就像他们真的了解他的意思一样，而且这样做更容易。

同样地，蜥蜴对他也很有好感，当他跑累了往草地上一躺准备休息的时候，他们就围着他爬来爬去，嬉闹着，尽情取悦他。他们大声嚷嚷："不是所有人都可以如蜥蜴一般美丽，要是按照我们的标准去要求别人就太苛刻了。所以只要我们闭上眼睛，他也没有那么丑陋。"蜥蜴天生就是哲学家，他们无所事事或者因下雨不能出行时，常常坐下思考好几个小时。

但是蜥蜴和鸟的举动引起了花的担忧。花说："他这样一直蹦蹦跳跳，很明显是一种没有教养的表现，会带给别人很坏的影响，真正有教养的人都像我们一样规规矩矩地不随便挪动地方。我们从来不会在花园里来回窜，或是疯狂地穿越草丛追蜻蜓。如果我们想呼吸新鲜空气，我们会让园丁将我们搬到另一个花坛上去。应该这样做，这才是真正有教养的行为。但是鸟和蜥蜴却不知道停歇，他们居无定所，像吉卜赛人一样流浪，所以他们那样对待他是理所当然的。"花儿们高傲地扬起头，不一会儿就看见小矮人从草地上站起来，穿过阳台向宫里走去，顿时感到一身轻松。

"他就应该终生幽闭在房间里，"花儿们说，"你们瞧瞧那丑陋的驼背和弯曲的腿。"他们大笑。

但是小矮人对此一无所知，鸟和蜥蜴都是他很喜欢的动物，花是他心目中除了小公主外最美的事物，但两者大有区别，小公主是爱他的，还送给他一朵美丽的白蔷薇。他梦想有一天能和她一同回到树林里，她会对他微笑，让他坐在她右手边，他将永远陪在她身边，做她的玩伴，教会她许多有趣的游戏。尽管他之前从未进入宫中，但也会做许多了不起的东西，例如用灯芯草做的小笼子，将蚱蜢关在里面唱歌；还有用细长的竹管做的笛子，吹出来的音乐连牧神都赞叹不已。他能分辨每只鸟的叫声，能将树梢上的欧掠鸟唤下来，将湖里的苍鹭唤起。他能辨别每头兽的足迹，能凭借浅浅的脚印追赶野兔，跟随被踩过的树叶了解大熊的行踪。他还知道风的各种舞姿；秋天身穿红袍的狂舞，在谷堆上踏着蓝草鞋的轻舞，冬天戴着纯白雪冠翩翩起舞，春天果园中花的齐舞。他知道斑鸠筑巢的地点，有一次老鸠被捕鸟人捉走了，以后幼鸟便由他来抚养；他为它们建造了一个小鸠舍，安在一棵剪去顶枝的榆树的树洞里。它们很顺从，每天清晨都乖乖地在他的手心吃食。她会喜欢它们的。还有在长凤尾草丛中窜来窜去的兔子，长着黑嘴的一身坚硬羽毛的樫鸟，一缩就能变成浑身竖刺的圆球的刺猬，还有嘴刁嫩叶、摇头晃脑、缓慢爬行的大智龟，她都会喜爱的。没错，她一定要来树林中与他一同玩耍。他会让她睡自己的小床，而自己则在窗外守着，以防长角的野兽伤害她，以防凶恶的豺狼靠近茅屋，就这样守到天亮。天亮后，他会轻敲窗户将她唤醒，他们会一起出门跳舞，一跳就是一整天。树林中确实不孤寂。有时骑着白骡子经过的主教，手拿一本绘本认真地读着。有时会走过一些戴着绿绒帽，穿着熟鹿皮短上衣的饲鹰人，他们的手腕上还站着蒙着头的鹰。在葡萄丰收的时候，做葡萄酒的人来了，他们头戴新鲜常春藤编的花冠，手拿还在滴葡萄酒的皮酒袋，用脚踩着葡萄，四肢都沾满了紫色；晚上，烧炭人围着火盆坐一圈，看着在火中慢慢燃烧的干柴，把栗子埋进热灰中烘着，强盗也被吸引从山洞里出来与他们一同玩耍。还有一次，在去托列多的漫漫长路上，尘土飞扬，他看见一队美丽的行列蜿蜒前行。领队的是神父，他哼着好听的歌曲，手举鲜艳的旗帜和金色十字架，紧随他的是身穿银色盔甲，手执火绳枪与长矛的士兵，这队士兵中间还有三个人光着脚，身穿古怪的绘满了奇怪的像的黄袍，手里握着点燃的蜡烛。树林中确实有很多值得欣赏的东西，如果她感到疲惫，他会将她带到一个长满青苔的浅滩休息，或者抱着她走路，尽管自己很矮，但还是很强壮的。他会为她做一串项链，用蔓草的红果串制而成，一定比她衣服上装饰的白果（珍珠）还美丽，如果她看腻了，就将它们丢到一边，他会再为她找一些其他的，例如皂斗和露水浸透了的秋牡丹，或者将萤火虫捉来点缀在她淡金色的头发中间。

但她现在在哪儿呢？他问白蔷薇，但是没有得到回复。整个王宫一片沉寂，连百叶窗打开的地方也挂上了厚厚的窗帘遮挡阳光。他在周围走来走去，想找个门进去，突然看见一扇小小的门开着。他偷偷溜进去，走到了一个漂亮的大厅，这里四处金光闪闪，比树林要美得多，地板是用五色石砌成的，又平又正，完整得如一个整体。但他并没有见到公主的身影，只有几个漂亮的白石像用忧郁又茫然的双眼看着他，坐在绿玉像座上，露出一丝诡异的笑容。

一幅华美的黑天鹅绒刺绣帷幔在大厅尽头挂着，一些太阳和星星点缀其间，这是设计中国王最满意的部分，颜色也是他最钟爱的。冥冥中他预感到帷幔后面她的存在，便忍不住走了过去。

他蹑手蹑脚，轻轻将帷幔拉开。不，原来是另一个房间而已，比之前那间大厅还要美丽。一幅行猎图绣在墙上的绿色挂毡上，画中人物繁多，几个佛兰德斯美术家总共耗时七年以上才完成。这间房原先是"傻约翰"（那个疯了的国王的绰号）的卧室，他狂爱打猎，精神错乱时还常常幻想自己骑上画中那些奔跑的大马，将那只被大群猎狗围攻的公鹿拖开，吹响行猎的号角，用他的短剑击中正在奔逃的母鹿。现在这间房变成了会议室，屋中央摆着一张大桌子，上面放着国务大臣们印有西班牙的国徽金郁金香与哈普斯堡皇室的纹章和标识的红色文书夹。

小矮人惊讶地四处张望，对于前方感到一丝惶恐。奇怪的骑马人像一阵风一样驶过树林中长长的草地，安静得没有一丝声响，好像那种听烧炭夫说过的可怕的怪物"康卜拉却"，他们只在夜里出没，碰到人就将他变成赤鹿，然后猎杀他。可小矮人一下子又想起了美丽的公主，顿时充满了勇气。他希望她就在隔壁那间屋子里，只有她一个人，然后被他找到，他要亲口告诉她他也爱她。

他在柔软的摩尔地毯上奔跑，打开门。不！那间屋也没有她，空无一人。

这是一间用来接见外国使者的御殿，如果国王答应亲自接待他们（这种事近期少见），就让他们到这里来；很久之前，英国女王（当时欧洲天主教君主之一）与西班牙皇帝的大儿子联婚，英国专使就是在这间屋子里觐见的国王。屋里挂着用镀金的西班牙皮做成的帷幔，一个沉重的镀金烛架从黑白相间的天花板中央垂下来，架子上可容纳三百支蜡烛。一个金布大华盖上绣着用小颗珍珠绣成的狮子和加斯的尔的塔，华盖下面是国王的宝座，罩着一块华贵的天鹅绒罩衣，上面满是银色郁金香，银和珍珠的穗子精巧地搭配其间。公主用的跪凳放在宝座的第二级上，跪凳上铺着银线布做成的垫子，跪凳下放着教皇使节的椅子，但已经不在华盖的界线之内，教皇使节拥有在举行任何公开典礼的时候当着国王的面坐着的特权，还可以把他那顶主教的礼帽（上面缠着深红色的帽缨）放在前面的一个紫色炕几上。一幅查理五世的猎装像挂在正对着宝座的墙上，尺寸与活人无异，一只獒犬站在身边，另一面墙中央是一幅腓力二世受尼德兰各省朝贡时的画像。一个乌木橱摆放在两扇窗户之间，一些象牙做的碟子放在上面，碟子上刻有和尔彭大师亲自雕刻的《死的跳舞》中的人物。

但是小矮人对这些富丽堂皇的装潢毫不在乎。要让他用白蔷薇来换华盖上所有的珍珠，用白花瓣换国王的宝座，他铁定不同意。他唯一在意的，只是在公主去帐篷之前再见她一面，告诉她希望在他舞毕后能与他远走高飞。宫里的空气很憋闷，树林中的风却是自由自在的，柔和的阳光轻抚随风飘散的树叶。树林中还有花，虽不及花园里的花美丽，但香气却更甚；早春时节，在清凉的幽谷中和覆盖着草地的小丘上，风信子随风舞动起一片紫浪；在多节的像树根周围，黄色樱草拥簇在一起；还有鲜艳的白屈菜，蓝色的威灵仙，紫红和金色的鸢尾。灰色的荸荠花绽放在榛树枝头，斑斑点点的蜂窝安扎在顶针花上，将它的身子都压弯了。白色星的尖塔属于栗树，苍白的美丽的月亮属于山楂。没错，只要他将她找到，她一定愿意随他走！她会陪他一起到美好的林子里，他要每天为她起舞，让她开心。这样一想，他微笑着走到了隔壁的屋里。

这是所有房间中最敞亮最美丽的一间。浅红色的意大利花缎蒙在墙上，有鸟的图案印在上面，还有美丽的银花点缀其间；家具全是用大块银子制作而成，鲜花的花彩和转动的小爱神装饰其上；绣着鹦鹉和孔雀的屏风摆在两个大壁炉前头，地板由海绿色的条纹玛瑙铺制而成，远远望去好似无边无际的大海。房间里除了他还有一人，在另一边，有一个小小的人形在门阴处望着他。他的心狂跳，并发出一声欢呼，随即离开这间屋子走进阳光中。那个人形也随着他的脚步向外走，他终于看清楚了。

公主！不，它是一个怪物，是他见过的最丑陋的怪物。它异于常人，驼背拐脚，一个摇摇晃晃的大脑袋上是一头鬃毛似的黑发。小矮人皱眉，它也跟着皱眉；小矮人笑，它也咧嘴笑；他双手叉腰，它也双手叉腰；他嘲讽般向它鞠躬，它也回敬了他；他走向它，它也迎向他；它的一举一动都在模仿他，他停下它也停下。他感到很有趣，冲过去和他握手，怪物的手却是冰一般凉。他害怕地将手缩回，怪物的手也缩回了。他想再往前伸,但一个光滑坚固的东西挡住了他。他的脸与它的脸贴得很近,那张脸上充满了恐怖的神情。他将头发从眼睛上撩起,它也学他。他生气地打它,它也还手,他打一下,它也打一下。他露出厌恶的表情,它也厌恶地看着他。他向后退,它也远离了他。

它到底是什么东西?他想了想,又扭头看向屋里其他地方。好神奇,每一样东西在这面看不见的无影墙上都能显示出一个一模一样的复制版本。没错,这里有一副画像,墙上也有一副相同的画像,那里有一张床,墙上同样显示出一张床。那个在门口壁龛中酣睡的牧神也有一个双胞胎兄弟与他同样姿势躺着,那个在阳光下站立的银美神也与她同样可爱的美神伸出两只胳膊来。

这难道又是"回声"吗?他曾经在山谷中呼唤她,她也一字不差地回了他。难道她除了模仿声音还可以模仿眼睛?难道她可以重建一个与现世一样的新世界?难道事物的影子也有色彩、生命和动作吗?难道这一切是……

他大吃一惊,将怀中那朵美丽的白蔷薇拿出来,扭过身子亲吻着。那个怪物也拿出一朵白蔷薇吻着,简直一模一样！连吻的姿势都一样，同样是将花按在胸前，动作那么恐怖。

当他得知真相后，一声绝望的嚎叫回响在屋里，他趴在地上大哭起来。原来那个丑陋的驼背的畸形人就是他自己。他就是那个怪物！所有的孩子都嘲笑他，他还以为小公主爱着他，其实也不过是在拿他的丑陋作乐，用他的拐脚寻开心。为什么不让他继续待在树林里呢？那里根本没有镜子，他也不会知道自己是多么丑陋可怕。为什么父亲没有将他杀死，而是将他卖出去丢人现眼呢？眼泪滚滚而下，他撕碎了心爱的白蔷薇，爬在地上的怪物也将残花败叶向空中丢去。他看向它，它也痛苦地看着他。他害怕再见到它，用手蒙着双眼，像一只受了伤的小兽爬进阴影里，躺在地上痛苦呻吟。

就在这时，小公主突然带着她的玩伴从一扇敞开的落地窗进来了，他们看见小矮人躺在地上，古怪又夸张地握紧拳头捶着地板，都被逗得哈哈大笑，便围了他一圈。

"你的舞跳得很有趣，"小公主说，"可是他演戏更有意思，他几乎和木偶人一样优秀，只不过还差一点点自然。"她挥着大扇子赞美道。

但是小矮人并不抬头看她，他的啜泣声逐渐变得微弱，突然爆发出一阵剧烈的哮喘声，他的手在身上抓来抓去，突然倒了下去，一动不动了。

"棒极了，"公主顿了顿说，"但是你现在要起来为我跳舞了。"

"对呀，"孩子们齐声叫着，"你要起来跳舞啦，你和巴巴利猴子一样聪明，但是比它们可笑多了。"

但小矮人一声不吭。

小公主跺着脚，喊她叔父，他正和御前大臣一起在阳台上散步，读着刚从墨西哥（那地方最近成立了宗教裁判所）来的要紧公文。她大声唤道：

"我那个有趣的小矮人生气了，您得把他从地上叫起来为我跳舞。"

他俩相视一笑，唐·彼德洛缓缓走来，弯下腰，用他的绣花手套拍着小矮人的脸说：

"快起来跳舞啊，小怪物。跳舞啊，西班牙和东印度群岛的公主需要你取悦她啊。"

但是小矮人一动不动。

"应该叫来掌鞭者教训他一顿。"唐·彼德洛厌烦道,说完回到了阳台。但是御前大臣严肃地跪在小矮人旁边,将手按在他的心上。过了一会儿,他耸了耸肩,站起身,向公主深鞠一躬说:

　　"美丽的小公主,那个可爱的小矮人再也不能跳舞了。太可惜了,他如此丑陋难看,一定能逗国王殿下开心的。"

　　"为什么再也不能跳舞了呢?"公主笑着问。

　　"因为他的心碎了。"大臣回答说。

　　公主皱起了眉,如蔷薇花一般可爱的嘴唇嘲讽地动了动,大声说:"以后凡是我的玩伴都不能有心才行。"说完便跑出房间到花园中玩去了。

少年国王

明天就是少年国王的加冕日了，晚上他一个人坐在他那漂亮的房间里面。他的大臣们都按规矩到他面前向他行了礼，接着他们退到了宫内大殿中，再向礼仪教师学几遍宫廷礼节。朝臣若不熟习朝礼，是大不敬的，而他们中还有几位并不谙熟。

这个孩子（他今年才十六岁，只是个孩子）并不因为他们全都走开了而感到难过，反而感到格外轻松，他将身子往后一靠，长长地吐出一口气，他躺在那张绣花长椅的软垫上，张着嘴睁着眼，好似一位褐色的森林牧神，又似一只刚被猎人活捉的小野兽。

他的确是被猎人找到的，他们是偶然遇到他的，那个时候他光着脚，手里拿着笛子，正跟在穷牧羊人的羊群后面，他始终认为自己是牧羊人的儿子，因为是牧羊人把他养大的。其实是老国王的独养女儿把他生下来的，他是公主和一个出身低微的男人的私生子。（有人说那个男人是外地来的出色的魔术师，会一种吹笛的魔术，所以年轻的公主爱上了他；还有人说，他是来自里米尼的美术家，公主被他深深地吸引住了，也许是太过于迷恋，他连大礼拜堂的壁画都未完成，就离开了那里。）孩子出生才刚一周，就被人从熟睡的母亲身边偷走了，交给了一对没有孩子的普通农家夫妇照看，夫妇俩住在偏远的树林中，从城里骑马过来就要一天多。他的母亲生他的时候醒来不到一个小时就去世了，死的时候脸色苍白，没有人知道这位少女的死因，有人说是悲哀而死，御医宣布是她是因染了时疫而死，还有一些人私下说她是中毒而死，她喝了放在香料酒里的意大利急性毒药。一位忠心耿耿的公差骑着马，将孩子搭在鞍桥上带着走，他从倦马上弯下身子叩响了牧人茅屋的门，此时公主的尸体正在被人放进城外的荒凉坟地中一个开着的墓穴，据说这个墓穴里还有一位外国美男子的尸首，绳子在他背后反绑着他的双手，伤痕累累的胸膛沾满了鲜血。

至少人们私下里流传的故事版本大概就是这样。但有一件事千真万确：老王临死的时候差人把那个孩子找了回来，并且当众宣布这个孩子就是他的继承人，不知道他是为了忏悔内心的罪恶，还是仅仅为了防止外人来争夺他的国土。

孩子刚被指定为继承人后，立马就表现出对外表极大的奇怪的热情，而这注定会影响他的一生。送他到专门房间的人经常讲起，他一看到那些专门留给他的华美衣服和贵重珠宝后就开心地大叫起来，高兴地将他身上的粗布皮衣和粗羊皮外套利落地脱下来。他也会常常感到厌烦，他一天中大部分时间都浪费在繁重的宫廷礼节中，他时常怀念从前那种悠游自在的山林生活。但是这座富丽堂皇的宫殿（他现在是它的主人了，这个被称为"欢乐宫"的地方），就像是为了娱乐他而刚造出来的新世界，只要他一从会议室或者接见室里逃出来，他就立马跑下那道装饰着镀金的铜狮和亮云斑石级的大楼梯，穿越一个个屋子，穿过一条条走廊，好像在寻找治病的药方或是止痛的药一样。

少年国王称之为探险旅行，或者在他眼中就是漫游奇境，有时候他会叫几个金发内侍陪着他，内侍都披着斗篷，垂着漂亮的飘带；但更多时候他都是一个人，他认为艺术的秘密应该于暗处求得，智慧总是青睐于孤独的崇拜者，美也是同理，他这种敏捷的本能几乎等于先知预见。

这段时间里，关于他的古怪的故事一直在流传。传说一位肥胖的市长代表全市人民进行一次堂皇的效忠演讲时，曾经看到他跪在一幅画面前，神情非常虔诚恭敬，那幅画是刚从威尼斯送来的，好像带有崇拜某些新神的寓意。还有一次他一连几个小时都不见人影，人们到处找他，最后在宫中北部小塔中的一个小房间内找到了，当时他正在认真地望着一块希腊宝石，上面雕刻着爱多尼思的像。又传说，有人看到他用那温热的嘴唇亲吻一座古雕像的大理石前额，上面刻着海得利安的俾斯尼亚奴隶的名字，那座石像是修建石桥的时候从河床中挖出来的。他还研究月光照在一座恩地眠的银像上的景象，这花费了他一整夜的时间。

他非常迫切地想要拥有那些稀有的和价值连城的东西，这些东西对他有着极大的吸引力，于是他命令许多商人出去购买，有的人去北海买当地渔民的琥珀，有的人到埃及帝王陵墓找寻一种具有魔力的神奇的绿玉，有的人去波斯收集丝绒毡毯和着色陶器，还有的人去印度购买轻纱、染色象牙、月长石、翡翠手镯、檀香、蓝色珐琅器和细毛披肩。

不过，最费心思的还是他在加冕时穿的金线织的袍子了，还有那顶镶满红宝石的王冠和那根垂着珍珠串的节杖。他今晚的所思所想就是这个，他靠在豪华长沙发椅上望着大段的松柴在壁炉中渐渐烧尽，满脑子都在想这事。那些服饰都是当时最著名的美术家设计的，图样在许多个月之前就呈报给他看了，他下令工匠们没日没夜地照图纸赶制出来，还派人搜遍全世界去找那些配得上这手艺的珠宝。他一想到自己穿着华贵的王袍站在礼拜堂中高高的祭坛上，他那稚嫩的嘴唇就勾起了一丝微

笑，一双深黑的森林人的眼睛也闪闪发光。

过了一会儿他突然站起了身子，靠在壁炉的雕花庇檐上，望着这间灯光昏暗的屋子。一件华贵的壁衣挂在墙上，象征着美的胜利，角落被一个大橱柜填满了，橱柜上满是玛瑙和琉璃的镶嵌，一个非常精巧的柜子面对窗户而立，其上的漆格子都是洒满了金粉或是镶金的，几个精致的威尼斯玻璃酒杯和一个黑纹玛瑙的杯子在柜子上摆放着。绸子床单上绣着好似从睡着的倦手里掉下来的浅色的罂粟花；天鹅绒的华盖被有凹槽的长象牙管撑起来，像白泡沫似的大簇的鸵鸟毛伸向天花板上的灰白色银浮雕。青铜的满脸笑容的拉息沙斯，两手高举过头顶，捧着一面光亮的镜子。一个紫水晶盆放在桌上。

礼拜堂的大圆顶在窗外隐隐约约，像一个大气泡漂浮在一大片阴暗的房屋之上，夜雾笼罩的河边台地上，有疲惫的哨兵踱来踱去。远处的果树园中传来夜莺的歌声，开着的窗户外飘来素馨花的淡香。他将他的棕色卷发掠到耳后，拿起琵琶弹起来。突然一种奇怪的倦意袭来，他的眼皮垂了下来。他从未有过如此强烈的快乐的感受，来自那些美的事物的魔力与神秘。

他在钟楼敲响午夜钟的时候打了一下铃，内侍们随之进来，他们为他脱去衣服，在手背洒上玫瑰香水，在枕头上撒了些鲜花，礼节如此繁重。他在内侍们离开后不久就睡着了。

他缓缓地进入了梦乡，他做了这样一个梦：

他梦见自己站在一间顶楼里面，低矮又狭长的顶

楼周围是织布机的旋转声和拍击声。格子窗外射进来微弱的阳光，在织架上面工作的织工们憔悴的身形被映照在他的眼前。大的横梁上蹲着一些面带病容的苍白的小孩，当梭子快速穿过经线时，他们就把沉重的狭板拿起来，等梭子一停下来，他们也随之放下狭板，把线压在一起。他们的手不停地摇动着、颤动着，脸上满是倦容。桌子前面，有几个瘦弱的妇人在缝纫。可怕的臭气充斥着这里，空气混浊且憋闷，墙壁潮湿得还在渗水。

少年国王走过去，到一个织工身边停住，看着他工作。

"你来做什么？你是不是我们的主人派来监督我们工作的侦探？"织工愤怒地看着他说。

"你们的主人是谁？"少年国王问他。

"我们的主人啊！"织工大声喊道，"他跟我并无太大区别，我们唯一的区别就是——他穿着华贵的衣服，而我总是破衣烂衫，我经常饥肠辘辘，他却总是吃撑到胃不舒服。"

"这个国家是自由的，"少年国王道，"你不是任何人的奴隶。"

"战争年代，弱者被迫当强者的奴隶，"织工回答，"和平年代，穷人被迫给富人做奴隶。我们迫不得已干活来养活自己，可是得到的工资却少得可怜，甚至连活下去都很困难。我们没日没夜地为他们干苦力，他们的箱子中装满了金子，我们的孩子不到成年就夭折了，我们深爱的人的脸色也日益丑陋凶恶。葡萄汁是我们用脚踩踏出来的，但葡萄酒却由别人来品尝。我们辛苦种下稻谷，我们的饭碗却空空如也。我们的双脚双手被无形的锁链束缚着，我们生来就是奴隶，虽然人们说我们其实很自由。"

"所有人都是如此吗？"国王问道。

"所有人都是这样的，"织工答道："无论是年轻还是年老，无论是男是女都是这样的。我们被商人们剥削，不得不听他们的话。教士骑着马从我们身边走过，从来不关心我们，只顾数他的念珠。贫穷的双眼透着饥饿，窥视着我们那些见不到阳光的小巷，那个酒槽面孔的罪恶在其后紧紧跟着。凄苦一大早就来唤醒我们，耻辱每晚都与我们同在。但是这一切都与你无关，你和我们根本不是一类人，瞧瞧你这张快乐的脸。"他不开心地扭开头，把梭子投过织机，少年国王看到梭子上面系的是金线。

他吃惊地问织工："你这是在织什么东西？"

"这是小国王加冕时要穿的袍子，"他回答，"这和你有关系吗？"

啊！少年国王大喊一声便惊醒了，透过窗户他看到了蜜色的月亮挂在朦胧的空中，他意识到了这是在他自己的屋子。

他随即又睡了过去，又做了个梦，梦是这样的：

他梦见自己躺在甲板上，这是条有着一百个奴隶荡桨的大船。船长黑黝黝的像块乌木，红绸头巾包在头上，一对大大的银耳坠在他厚厚的耳垂上吊着，他手里拿着一个象牙的天平秤，坐在离少年国王不远的一条毯子上。

奴隶们浑身上下只裹着一块破旧的腰布，相邻的两个人锁在一起。炽热的太阳光照在他们身上，一些黑人在过道上一边跑一边用皮鞭乱抽他们。他们用干瘦的膀子扳动沉重的桨，咸咸的海水飞溅起来。

最后，船靠近一个小小的海湾，他们开始测量水深。一阵微风从岸上吹来，甲板和大三角帆上都被蒙了一层细细的红沙。三个阿拉伯人骑着野驴奔近，并将长枪对准他们投过来。船长用一只画弓一箭就射到了其中一人的咽喉上，那个人跌跌撞撞地掉进了岸边猛烈的浪中，他的两个同伴骑着驴飞也似地逃跑了。一个女子骑着一匹骆驼，头戴黄色面纱，缓慢地跟随其后，不时回头望一眼那具死尸。

黑人们在抛完锚、收完帆后，立马就走进底舱，拿出一架长长的缚了沉重的铅的绳梯。船长将梯头拴在两根铁柱上面，然后将绳梯丢进海里。黑人们抓住一个最年轻的奴隶，敲掉他的脚镣，用蜡将他的鼻孔和耳朵里涂满，用一块大石头绑在他的腰间。他疲软地爬下绳梯，渐渐隐没在大海中了。几个气泡浮在他沉下去的海面上。几个好奇的奴隶望着海面。一个赶鲨鱼的人坐在船头击鼓，声音乏闷又单调。

过了一会儿，潜水的人从水中升了上来，他左手抓紧梯子，右手攥着一颗珍珠，喘着粗气。黑人们将他手中的珍珠抢过来，又将他重新丢回海里。奴隶们趴在桨上睡熟了。

他又潜了几次水，每次他浮上来的时候，都带来一颗美丽的珍珠。船长将这些珍珠一个一个地称完，放到一只绿皮小袋子里。

少年国王想说些什么，可是他的嘴唇根本动不了，舌头貌似黏在了他的上腭上面。黑人们说个不停，他们为了一串亮珠子吵翻了天。两只白鹤绕在船四周飞翔。

潜水的人最后一次浮上水面，这次他带来的珍珠像一轮满月一样圆润，比晨星还要白亮，简直比所有奥马兹的珍珠都美丽。但是潜水人的脸却出奇的白，他瘫倒在甲板上，鲜血就从耳朵和鼻孔里汩汩冒出。他微微颤抖了一下，便一动不动了。黑人们互相耸耸肩，将他的身体丢进了茫茫大海。

船长拿起那颗美丽的珍珠，咧开嘴笑了，他看了看它，将它按在他的前额，俯下头行了个礼。"用它来装饰小国王的节杖真是再合适不过了。"他说完，打了个手势命令黑人起锚。

少年国王听到这句话，又大叫一声惊醒了。透过窗户，几颗星星隐隐约约地挂在灰色的黎明的天空。

他再一次入睡，再一次做了个梦，梦是这样的：

他梦见他正穿过一片幽暗的树林，树上满是奇异果和美丽却有毒的花朵。他一走过去，毒蛇就咝咝地向他叫着。彩色的鹦鹉一边尖叫一边飞过树丛。热泥水中，有大龟在昏睡。猴子和孔雀遍布丛林。

他一直走到树林口才停下脚步，他看见一大群人像蚂蚁似的挤在崖上，正在一条干了的河床上做工。他们在地上挖了许多深坑，然后下到里面。有的人在用斧头劈开岩石，有的人在沙子里掏来掏去。他们将仙人掌连根拔起，随意踩踏红花。他们中没有一个人偷懒，都你叫我、我喊你地忙来忙去。

在石洞的阴处，死神和贪欲躲在那里守候着他们，死神说："我实在等得不耐烦了，把这些人的三分之一分给我，让我离开吧。"

可是贪欲不同意，她摇着头说："他们都受雇于我。"

"你手里拿着的是什么？"死神问她。

"三粒谷子，"她答道："这和你有关系吗？"

"给我一粒，"死神说："我只要一粒就会走开的，我需要种在我的园子里。"

"我不会给你任何东西的。"贪欲说完，将手藏进她的衣服褶子里。

死神笑了，他拿出一个杯子放进水池里，疟疾就从杯中走了出来，所到之处，三分之一的人都倒下来死去了。一阵冷冷的雾气在贪欲后面升起，她身边跑窜着无数条水蛇。

贪欲看到这些人死去后，嚎啕大哭。"我三分之一的佣人都被你杀死了，"她一边捶着她干瘦的胸膛一边哭着说，"你离开这里吧。鞑靼人的山中正在打仗，双方的国王都在召唤你。阿富汗人杀了黑牛，正开去参战。他们都头戴铁盔，用长矛和盾牌互相击打。你为什么偏偏留在我这山谷中呢？这与你有什么关系？你赶紧走吧，不要再来这里了。"

"不，"死神说："你要么给我一粒谷子，要么我就一直在这里。"

"我什么也不会给你的。"贪欲攥紧了手心，紧闭牙齿，喃喃道。

死神露出了诡异的笑容，他从地上捡起一块黑色的石头，向树林中扔去，野松丛中就走出来了热病。她身着火焰的袍子，随意地在人群中穿行，她所挨过的人们都倒下死掉了。连她脚踩过的草，也都枯萎了。

"你太残忍了，"贪欲浑身颤抖个不停，往头上抹灰，重复道："你太残忍了，现在饥荒遍布印度各大城内，撒马尔罕的蓄水池早已干涸。同样的情形也发生在埃及各大城内，沙漠那边飞来了大批的蝗虫，尼罗河水

都不再涨上岸了，僧侣们都在埋怨爱西斯和阿西利斯。你应该去需要你的地方，而不是待在我这里折磨我的佣人。"

"不，"死神固执地说："你不给我谷子，我就不走。"

"你甭想从我这里拿走任何东西。"贪欲还是那句话。

死神又邪恶地笑了，他抬起

手在指缝间吹响了哨子，空中就飞来了一位女子，一群瘦弱的老鹰在她周围盘旋，她的额头上写着"瘟疫"二字。她一挥翅膀，整个山谷瞬间被笼罩住，所有的人都死掉了。

贪欲哭着叫着穿过树林逃跑了，死神也跳上他那匹比风跑得还快的红马，扬长而去了。

龙和长着鳞片的怪物从谷底的黏泥中爬出来，沙上跑着一群胡狼，它们仰着鼻孔喘着粗气。

少年国王哭了，他问："这些人都是做什么的？他们在找什么呢？"

"他们在找国王王冠上面镶嵌的红宝石。"一个人回答道，那人就站在他背后。

少年国王大吃一惊，转身看到一个香客打扮的人，他手里拿着一面银镜。

"哪一个国王？"少年国王吓得脸色苍白，又问。

"看看这面镜子，里面的人就是国王。"香客答道。

他看了一眼那面银镜，却看到了自己的面孔，他大喊一声又惊醒了。窗外倾泻进来明亮的阳光，鸟群在花园和别苑的树枝上，唱着欢快的歌。

　　屋里进来了御前大臣和文武官员们，按照规矩向他行礼，内侍们也将金线编织的王袍、镶嵌了宝石的王冠和垂着珍珠串的节杖放在他面前。

　　那些东西好美，比少年国王之前见过的任何一样东西都美丽。但是他呆呆地望着它们，想起了他做的那些梦，便对大臣们说道："我不会穿的，你们把这些东西拿走吧。"

　　大臣们吃了一惊，以为他是在开玩笑，便哈哈大笑起来。

　　"把它们全都拿走，"少年国王严肃道，"把它们全都藏好，千万不要让我看见。即使今天是我加冕的日子，我也不会穿戴它们。因为这件金线袍子是织工在忧愁的织机上用痛苦的双手一针一线织成的，节杖上的珍珠是被鲜血浇灌的，王冠上的红宝石充满了死神的气息。"他将这三个恐怖的梦讲给了大家。

　　朝臣们听完后面面相觑，他们互相低声交谈道："国王一定是疯了，梦都是假的，它们不过是梦而已，都是幻觉罢了，根本不是真实的，不值得我们为此担心。再说了那些奴隶们的生命与我们有什么关系？难道一个人就没有权利吃面包，除非他见过播种的人？一个人就不能喝酒，除非他和葡萄园丁讲过话吗？"

御前大臣进谏道："陛下，我求您穿上这件华美的王袍，戴上这顶尊贵的王冠，将那些阴郁的思想全都丢到脑后。您想想看，如果您连一件像样的王袍都没有的话，老百姓们怎么知道您就是国王呢？"

"真的如你所说吗？"少年国王望着他问道："要是我没有一件像样的王袍，百姓们都不知道我就是国王吗？"

"当然了，他们一定认不出来的，陛下。"御前大臣大声说。

"我之前还以为有带着帝王相的人存在呢，"少年国王说，"也许你说得没错，但是我还是不要穿这件袍子，也不戴这顶王冠，我刚进宫的时候是什么模样，现在出宫的时候就打扮成什么模样。"

他吩咐大臣们全都退下，只留下一个比他小一岁的内侍来伺候他。他先在水里洗干净了身子，然后从一个漆上颜色的大箱子里拿出粗布皮衣和粗羊皮外套，这是他在山腰给牧羊人看羊的时候穿的衣服，此刻他穿上了它们，又拿上了那根牧人杖。

小内侍的一双蓝色眼睛因为惊奇而睁得又圆又大，他笑着对少年国王说："陛下，您的王袍和节杖都齐活了，那您的王冠怎么办呢？"

少年国王顺手从露台上面扯下一根荆棘，折弯它做成圆圈，戴在自己头上，说："这就是我的王冠。"

他穿戴完毕后走出屋子来到大殿，贵族们还在那里等他。

贵族们纷纷嘲笑他，有的人对他喊道："陛下，百姓们等候的是他们的国王，不是一个乞丐。"甚至有的人生气道："他真是丢尽了我们国家的脸，根本不配当我们的国王。"少年国王却一个字也不回击，沉默地走过去，他从亮云斑石的楼梯走下来，出了铜门，骑马到礼拜堂去，小内侍就跟在旁边跑。

百姓们笑着嚷着，嘲笑了他一路："骑马经过的是国王的弄臣！"

"不，我就是国王。"他一把勒住缰绳，把他做的三个梦一五一十地讲给了大家听。

"陛下，难道您不知道穷人的生活都来自富人的奢华吗？"一个男人从人群中走出来，面色痛苦，"我们都是靠着您的慷慨过活的，靠着您的恶习才吃上了面包。虽然给严厉的主人干活很辛苦，但是若没有一个可以为之卖命的主子更难熬啊。难道您认为乌鸦可以养活我们吗？您对此又有什么有效的解决措施呢？我不相信你会对买家说'你买这个东西要这么多钱'，又对卖家说'你得按照这个价格卖出去'。所以您还是回到您的宫里，穿戴好您的金线袍子和王冠吧，您与我们和我们所经历的痛苦又有何关系呢？"

"难道富人和穷人不是兄弟吗？"少年国王问道。

"是啊，"那人回答，"有钱的兄长名叫该隐。"

泪水涌上了少年国王的双眼，他在百姓们的怨声载道中策马缓行，小内侍害怕得离他而去。

他一直到礼拜堂的大门口才停下来，士兵们将手上的戟横过来拦住他说："你来这儿做什么？这儿可不是随便什么人都能进来的，只有国王有资格。"

他气得脸涨得通红，对他们说："我就是国王。"

他一把撇开他们的戟，走了进去。

老主教一见国王竟然穿着牧羊人的衣服走了进来，惊讶地从宝座上站起来，赶紧迎接他，问道："孩子，这是国王应该穿的衣服吗？我拿什么王冠为你加冕呢？我又拿什么节杖放进你手中呢？这可是你一生中最光荣的时刻，而不是充满屈辱的。"

"那么光荣就应该穿愁苦做成的衣服吗？"少年国王反问他，并将他的三个梦讲给了老主教。

主教听完了他的梦，皱起了眉头："孩子，我是一个临近晚年的老人了，我知道这个世界上有许多不好的事情。从山上跑下来的凶恶的土匪，他们绑走一些小孩，拿去卖给摩尔人。狮子躺着等客商队一经过，就抓他们的骆驼吃。山沟里的谷子都被野猪挖了起来，山上的葡萄藤都被狐狸咬了。海盗占领了海岸，焚毁了渔船，抢走了渔网。麻风病人在盐泽里居住，房屋都是用芦苇杆子建造的，他们与世隔绝。乞丐们则在街头流浪，居无定所，常常与狗一起进食。你能保证这些事情不再发生吗？你愿意和麻风病人同床共枕，与乞丐同桌共餐吗？你能叫狮子听你的话，野猪顺从你吗？难道那个造出来贫苦的人比你愚笨吗？因此我并不赞同你做的这些改变，我希望你能回到宫中，露出快乐的笑容，穿上符合你身份地位的华美的衣服，我还要用镶有宝石的王冠为你加冕，我要将垂着珍珠串的节杖递到你的手中。至于你做的那些梦，就不要再去胡思乱想了。现在的责任重大，你一个人根本负担不起，人世间的烦恼太过繁杂，也不是一颗心就能承受得了的。"

"你竟然在这么神圣的地方讲出这种话来。"少年国王说，他大踏步地走到主教的面前，登到祭坛上面，面向基督的像。

他在基督像前立直身体，灿烂的金盆摆在他的左右手边，圣餐杯中盛着黄酒，瓶子中装着圣油。他跪了下来，被珠宝装饰的神座旁边有蜡烛在燃烧，闪着明亮的光，圆顶下缭绕着香的烟云盘成的青色细圈。身着硬法衣的教士下了祭坛为他让位，他低下头开始祈祷。

一阵吵闹声突然从外面的街上传来，华服加身的贵族们手握出鞘的剑和闪闪发亮的钢制盾牌冲了进来。"那个做梦的人哪儿去了？"他们大喊，"那个一身乞丐装的国王——那个丢我们国家脸面的孩子哪儿去了？

我们一定要将他处死，因为他不配当我们的领袖。"

少年国王将头埋下去继续祈祷，祷告完毕后他站起身，转过去忧伤地望着他们。

瞧瞧！阳光透过彩色的玻璃窗照耀着他，好似一件金袍裹着他的全身，远远美过那件定制的贵重的王袍。枯死的节杖开出了百合花，比珍珠还要洁白无瑕。干枯的荆棘也开出了玫瑰，红艳艳的胜过红宝石。百合花白得胜过最好的珍珠，梗子是亮银的。玫瑰花红得胜过上等的红宝石，叶子是金子做的。

他站在那里，身着国王的服饰，镶嵌着珠宝的神龛被打开了，一种非凡的神奇的光从光芒四射的"圣饼

台"的水晶上射出来。他身着国王的衣服站着，上帝的
荣光洒在这里的每一寸角落，连那些壁龛中雕刻的圣徒
们也蠢蠢欲动了。他身着华贵的王袍立在他们面前，风
琴奏乐，乐手吹起喇叭，孩子们唱起了歌。

　　百姓们一齐敬畏地下跪，贵族们将宝剑插回剑鞘，
向国王致敬。主教脸色苍白，颤抖着双手，大声道：
"已经有比我更伟大的人为你加冕了。"随即跪倒在国
王面前。

　　少年国王走下高高的祭坛，从人群中穿过回到宫
里。没有任何一人敢看他的脸，因为这面孔好似天使的
面容。

了不起的火箭

全国都在准备着盛大的庆典，庆祝国王的儿子终于等来了他的新娘，王子等待了整整一年，好在最后终于等来了她。她来自俄国，是一位公主，她从芬兰坐着雪车一路赶来，那金色的雪车由六匹驯鹿拉着，形状好似一个大天鹅，她就坐在天鹅的两翅之间。她头戴一顶银线做的小帽子，身穿一件银鼠皮的长外套，长到盖住了她的小脚。她的脸色如此苍白，好像她的住处雪宫一般白。每当她的雪车走在街上时，百姓们都会惊奇地感叹道："她真像一朵雪白的蔷薇！"然后将花从露台上向她撒去。

王子一直站在宫城门口等着她的到来。他的头发像金子一般，青紫色的眼睛中透出一种追求梦想的光芒。她来了，他便跪在地上，亲吻她的手背。

"你的照片很美，"王子喃喃道，"但是远远不及你本人的美丽。"小公主害羞得红了脸。

"她一脸红，白蔷薇就变成了红蔷薇。"一个年轻的侍童正在对他的朋友说，整个宫中的人听到这话都感到很愉快。

"白蔷薇，红蔷薇，红蔷薇，白蔷薇。"之后的三天里人们广为传颂，国王知道后下令将那个侍童的薪资提升了一倍。那个侍童本身是没有薪水的，因此这个命令对他来说毫无意义，但消息照常公布在了"宫报"上，这无论如何也是一项莫大的光荣。

三天一过，王子的婚礼举办了。婚礼仪式格外隆重，王子和新娘手牵着手走在紫色的天鹅绒华盖下，那幅华盖上还绣着小珍珠。随后的宴会也格外盛大，一直持续了五个小时。这对新人坐在大殿的正中央，正在喝

　　俄国公主坐着雪车从芬兰一路赶来，那金色的雪车由六匹驯鹿拉着，形状好似一个大天鹅，她就坐在天鹅的两翅之间。

交杯酒。他们用的是晶莹剔透的水晶高脚杯，传说用这个杯子喝酒的爱人都是真诚的，只要这爱情掺杂了一点虚假在里面，嘴唇一旦碰到杯子边沿，杯子就会变得混沌不堪毫无光泽了。

"他们是真心相爱啊，真诚得就像这水晶杯子一般洁净无瑕！"那个小侍童又赞美道，国王又下令给他加薪。朝臣们都嚷嚷道："真是莫大的光荣啊！"

宴会之后大家一起跳舞，王子和公主一起跳蔷薇舞，国王为他们吹笛子。实际上他只会两个音调，并且从来都不确定吹的是哪一个调子。国王虽然吹得很差劲，但没有人敢当面指责他，因为他是至高无上的。可是这些都无所谓，因为无论他怎样吹，大家都会高声赞美道："吹得棒极了！太棒了！"

按照顺序，最后一个节目就是午夜的烟火了。国王特意下令请来了皇家花炮手，在小公主结婚的这天。因为她从小到大都没有见过烟火的模样。

"烟火长什么样子呢？"小公主问王子，那天清晨她正在露台上散步。

"就和北极光长得很像，"国王一向喜欢插嘴替别人回答，"但是烟火更加自然。于我而言，我喜欢烟火，不喜欢星星，因为你能准确知道它们出现的时间，就和我吹笛子一样充满了乐趣，你一定要去看看。"

一座高台已经在御花园的尽头搭好了，当皇家花炮手安排妥当后，烟火们开始议论纷纷。

"真是个美丽的世界，"一个小爆竹大声道，"你只需要看下那些黄色的郁金香，啊，它们即使变成爆竹也不会比现在更好看的。旅行真的会开阔一个人的视野，我很高兴我旅行过了，旅行消除了一个人的所有成见。"

"你真是个愚蠢的爆竹，这个小花园才不是全世界呢，"一个大罗马花筒讽刺道，"你知道世界有多大吗？你要想走遍全世界，至少需要三天时间。"

"无论你走到哪里，只要你热爱这片土地，它就是你的全世界，"一个爱思考的轮转炮嚷嚷道，她经常自夸她的失恋经历，她年轻的时候爱上了一个旧杉木匣子，"爱

情已经被诗人们杀死了，他们写了那么多情啊爱啊的作品，人们都不再相信了，爱情也不再是时髦的玩意了，这不值得大惊小怪。真正的爱情是痛苦又沉默的。我记得我曾经——现在已经无所谓了。浪漫对我而言已经成为了历史。"

"瞎说，"罗马花筒说，"浪漫就和月亮一样是永恒存在的，它永远不会死。举个例子，王子和公主就爱得那么热烈。和我在同一个抽屉里的棕色纸包裹的火药筒，今天早晨给我说了些近期的宫廷新闻，包括新郎和新娘之间的细节。"

但是轮转炮摇摇头道："浪漫已经被杀死了，浪漫已经被杀死了，浪漫已经被杀死了。"她这个人就是这样，一旦你重复讲一件事情，假的也能说成真的。

突然传来一声尖细的咳嗽声，他们立马扭头四处张望。

一根长棍子上绑着一个火箭，他高高的，看起来十分傲慢。他每次说话前都要先咳嗽一下，以便引起人们的注意。

"咳咳！咳咳！"他嚷嚷，大家都静静地倾听，只有可怜的轮转炮还在摇着头自言自语："浪漫已经被杀死了。"

"遵守秩序！遵守秩序！"一个炮仗喊道。他是一个一流的政客，他总在地方选举中出风头，所以常常使用议会里面的习惯用语。

"死光了。"轮转炮低声说完，就去睡了。

当四周一片寂静后，火箭第三次咳嗽起来并开始了讲话。他缓缓地说着，吐字清晰，好像在读一篇论文等待别人的记录，他从来不正视听众。他确实相貌堂堂。

"王子真是好运气啊，"他说，"我燃放的这天他正好结婚，真的是好运气，即使这是安排好了的，于他而言也是最好的结果了；王子们总是那么幸运。"

"奇怪啊！"小爆竹说，"我和你想的完全相反，我以为我们燃放是为了庆祝王子的婚礼呢。"

"对于你们来说可能如此，"他回答，"确实，我相信是这样的，但于我而言情况就不同了，我可是一个了不起的火箭，我出身高贵，母亲是那个年代最著名的轮转炮，她有着优美的舞姿，这人尽皆知。她每次都要旋转十九次才公开登台，每转一次就要抛出七颗粉红色的星星到空中。她的直径是三英尺半，材质是最好的火药。我的父亲也是个火箭，出生在法国。他飞起来特别高，以至于人们都以为他再也不会飞下来。不过最后他还是下来了，因为他心地善良，并且化作一阵金色的雨光芒万丈地落了下来。报纸记载了他的表演，写的极尽恭维之词。的确，'宫报'上称他为化炮术的一大成功。"

"花炮，你说的是花炮吧，"旁边的一个蓝色烟火纠正道，"我知道是花炮，我自己的匣子上的字就是这样写的。"

"额，我说的是'化炮'。"火箭严肃地说，气场压倒了蓝色烟火，蓝色烟火心里不爽，马上去欺负旁边那些小爆竹，来显示他自己的重要性。

"我说的是，"火箭继续讲道，"我说的是——我说的是什么呢？"

"你说的是你自己。"罗马花筒回答道。

"没错，我知道有人打断了我这么有趣的讨论，这真是很无礼的行为。我讨厌所有无礼的粗鲁的行为，因为我很敏感。而且我相信，这个世界上不会再有第二个和我一样敏感的人了。"

"敏感的人是什么样的呢？"炮仗问罗马花筒。

"敏感的人就是如果他自己生了鸡眼，就总是去踩别人的脚趾头。"罗马花筒小声回答，炮仗几乎要笑掉大牙。

"你笑什么呢？"火箭问他，"这并不好笑。"

"我笑是因为高兴。"炮仗回答。

"真是个自私的理由，"火箭生气道，"你没有权利高兴，你得为他人着想，其实你必须先想到我，每个人都应该先考虑我的感受，我自己就经常想到我自己。同情是一个人美好的品性，这样的品德我有好多好多。你试想一下，要是今晚我出点什么事，将会是多么不幸的事情啊，不仅王子和公主会烦恼，他们这一生的婚姻都不会幸福美满的。一想到国王因此大发雷霆的样子，我就感到了自己的重要性，我几乎都要为此感动得泪流满脸了。"

"如果你想用快乐感染到别人，首先自己就不要流眼泪玷污自己。"罗马花筒大声嚷嚷。

"就是的，"蓝色烟火的情绪平稳了一些，他接了话茬："这是众所周知的。"

"没错，众所周知！"火箭生气了，"你可别忘了我是个了不起的火箭，我怎么能和普通人一样呢？我可是有着丰富想象力的人，我从来不会按照世俗的角度去想问题。流泪可并没有什么不好的，它代表了一个人是多愁善感的，这是值得人们欣赏的地方。不过我很大度，我并不介意这些。我每时每刻都在想着我不是普通人，我比你们都高一等，靠着这种信念，我才能够支撑到现在啊。这种优越感不是人人都有资本感受到的。你们都是铁石心肠的冷漠的人，你们只知道大笑，好像王子和公主的婚礼就是个笑话。"

"对，没错，"一个小火球喊道，"为什么不呢？这可是一大喜事，当我飞到天空中的时候，就把美丽的公主说给天上的星星，他们保证听到后眼睛发亮。"

"啊！真是平庸的想法！"火箭说，"不过正和我想的一样，你的心里空荡荡的，一无所有。就是说，也许王子和公主住的地方临着一条很深很深的河，他们还可能有一个金发青紫色眼睛的孩子，就和王子一样；他们也许会和保姆一起沿河散步，保姆也许会在一棵大的接骨木树下睡熟了，孩子也许一不小心跌到了河里被淹死了。想想都令人恐怖！可怜的王子和公主，他们就要失去最亲爱的孩子！太吓人了！真是永生难忘！"

"但是他们并没有失去他们的孩子啊，"罗马花筒说，"这个灾难压根就没有发生啊。"

"我并没有说他们已经失去了他们的孩子，"火箭解释道，"我的意思是他们有可能失去他们的孩子，如果他们已经失去了，那还用得着我说吗？我最恨的人就是那种发生了什么事情再去追悔莫及的。但我一想到他们的孩子跌进河里，就感到异常的悲伤。"

"真是虚伪！"蓝色烟火大声喊道，"你是我见过的最虚伪的人了。"

"你还是我见过最没有礼貌的人呢，"火箭说，"你根本不知道我和王子之间的友情有多深厚。"

"呵呵，你压根就不认识王子吧。"罗马花筒嘲笑道。

"我也没有说过我见过他呀，"火箭回答，"我敢打赌，认识自己的朋友，绝对是很危险的，所以要是我认识王子，我一定不会和他成为朋友。"

"没错，你还是不要流泪为好，"火球说，"这是最要紧的。"

"我知道这对你还是很要紧的，"火箭回答，"但是我想哭就哭。"他说着说着泪水就啪嗒啪嗒落了下来，沿着他的棍子流到两个小甲虫身上，那两个小家伙估计正准备找一个干燥的地方安家，险些就被这突如其来的泪水淹死了。

"多愁善感可真是他的天性啊，"轮转炮说，"可并没有值得哭泣的事情啊，他还哭得那么悲伤。"她长叹一声，突然想起了杉木匣子。

但是罗马花筒和蓝色烟火很不开心，他们不停地嚷嚷着："骗子！骗子！"他们一向说话很直白，只要是他们不同意的，都说成是"骗子"。

一轮皎洁的明月升起，周围的星星闪着耀眼的光芒，宫里传来了优美的乐声。

王子和公主这对新人开始跳舞，他们的舞姿非常优美，那些亭亭玉立的白莲花忍不住透过窗户偷看，大朵大朵的红色罂粟花也一边打拍子一边点头称赞。

钟声敲响了十下，敲响了十一下，第十二下钟声响

　　"可以放烟火了。"国王说。皇家花炮手听到命令后，深鞠一躬，走下楼台，一直走到花园的尽头。

过后，所有的人都来到露台上面，国王派人叫来了皇家花炮手。

"现在可以放烟火了。"国王说。皇家花炮手听到命令后深鞠一躬，走下楼台，一直走到花园的尽头。他身边有六个随从，每个人手里拿着一根绑着火把的竹竿。

这真是一个壮观的场面。

呼！呼！轮转炮一路旋转着。轰隆！轰隆！罗马花筒也飞上了天。不一会儿，爆竹们噼里啪啦到处舞蹈，蓝色烟火给每样东西都染上了蓝色。"再见了。"火球边告别边向天空飞去，许多红色的小火星也随之而下。砰！砰！炮仗们也快活地应和道。每一个烟火都表现出他们最精彩的一面，只有那个了不起的火箭，哭得浑身都是眼泪，他身上最有价值的东西就是火药了，但此刻火药已经被眼泪沾湿，再也不能燃烧了。而平时他从来不屑于和他们讲话的那些穷亲戚们，偶尔说一两句话都要带着冷笑，此时全都飞到了天上，像在天空中绽放开一朵又一朵火红色的金花。"好啊！好啊！"宫里的人都叫了起来，小公主开心地咧开嘴笑了。

"我知道，他们一定会留着我，等到举行大典的时候再请我出来，"火箭说，"一定是这个样子的。"他的样子比之前更加傲慢。

第二天，工人们来收拾园子。"来的明明是个代表团，"火箭说，"我要非常有尊严地来接近他们。"所以他摆出得意洋洋的神气样子，庄严地皱起眉头，像是一个思想者。但是那些工人们完全无视了他，他们正要离开的时候，忽然一个人看到了他。"喂，"那个人喊道，"这有个坏火箭！"说着就把它丢出了墙外，一直滚进了阴沟里。

"坏火箭？坏火箭？"他在空中被迫翻滚着越过墙头，自言自语道，"怎么可能？大火箭，肯定是大火箭，'坏'和'大'听起来像一个音调，一定是这个样子的。"他说着说着滚进了烂泥中去。

"这一点儿也不舒坦，"他说，"不过这里说不定是个矿泉浴场，现在很流行的呢，他们送我来这里静养，待我恢复健康，我的神经的确受到了极大的刺激，我需要静养一段时间。"

之后一只小青蛙（他的眼睛像镶嵌了一对发光的宝

石，上衣是绿色斑点的）游向了火箭。

"原来是个新人！"青蛙说，"啊，毕竟没有什么比烂泥更好的了，只要有雨水和一条小沟，我就能幸福一辈子。你猜下午会不会下雨呢？我真盼望着下雨啊，但是天一直这么晴朗，一片乌云也没有看到，真可惜！"

"咳咳！咳咳！"火箭说着说着咳嗽起来。

"你的声音太有趣了！"青蛙大声嚷嚷，"真的好像蛙叫啊，蛙叫可是世界上最富有音乐感的声音了，不信你可以听听我们晚上的合唱会。在农家旁边的老鸭池中，等到晚上月亮一升起来，合唱就开始了。因为实在是太美妙了，每个人都躺在床上睁着眼睛听我们唱歌，我昨天还听见农人妻子和她母亲说，因为我们的歌声，她整晚整晚的失眠呢。听到自己的歌声如此受欢迎，我真是由衷感到欣慰。"

"咳咳！咳咳！"火箭很生气。他自己因为咳嗽一句话也不能插嘴，生气极了。

"没错，多么悦耳的歌声啊，"青蛙继续说，"我诚心邀请你来我们的合唱会，记得在老鸭池中。我现在就去找我那六个漂亮的女儿，我害怕梭鱼这个怪物会把她们当早餐吃掉。好了，就这样吧，再见了伙计，说实话，和你谈话我感到非常开心。"

"谈话？呵呵，"火箭说，"这根本不是谈话，完全是你的自言自语。"

"那总得有个听众，"青蛙说，"我还就爱自言自语了，既节约时间，又避免了争论带来的麻烦。"

"但是我喜欢争论。"火箭道。

"我可不愿意这样，"青蛙得意地说，"争论可不是文明人做的事情，因为在文明的现代社会里，大家都持相同的意见，没什么可争论的。最后再说一次，再见吧伙计，我已经看到我那六个可爱的女儿了。"青蛙游着泳离开了。

"你真是个讨厌的人，"火箭说，"没教养，我就恨这种人。像我这样，本来想谈谈自己的事情，结果你总在滔滔不绝地讲你的事情。这就是自私的表现，自私是最让人讨厌的品性了，我尤其讨厌，因为我是那种富含同情心的人，所以你应该向我学习，我做你的榜样真是再好不过了。你一定要好好把握这个难得的机会，因为我差一点就要回宫了。我在宫里可是很得宠的哦，昨

天王子和公主举行婚礼都是为了祝贺我呢。你当然对此一无所知，你就是一个乡巴佬。"

"你和他讲话得不到一丁点好处，"一只蜻蜓正坐在一棵大的棕色菖蒲的顶上插嘴道，"没有一丁点好处，因为他压根没有听完你的话就已经离开了。"

"那就是他的损失了，不是我的，"火箭无所谓地说，"我喜欢自己的讲话，并不是为了吸引他的注意才讲的。这是我娱乐的一种方式。我经常自言自语很长时间，因为我太聪明，所以有时连我讲的话自己也一句都听不懂。"

"看来你适合谈点哲学。"蜻蜓说完，伸开一对可爱的纱翼飞向了空中。

"他真愚蠢，竟然没有留下来！"火箭说，"我相信这样好的学习机会可不是经常有的。不过我一点儿也不在乎，是金子总会发光的，更何况像我这样的天才。"他又往烂泥中陷了一大截。

过了一会儿，向他游来一只大白鸭，她的腿是黄色的，一双蹼脚走起路来摇摇摆摆，姿势就像一个绝世美人。

"嘎，嘎，嘎，"她叫道，"你的形状好古怪! 恕我直言，你是天生就这样，还是后天遇到了什么意外呢?"

"又是一个乡巴佬，"火箭说，"你一定没有见过世面，否则你一定不会问我这么可笑的问题。不过我原谅你的无知，我知道用我这样了不起的标准要求你，未免太不公平。但是我猜你一定会非常吃惊，因为我可以飞到天上，再落下来的时候洒下一大股金色的雨。"

"我可不重视这个，"鸭子说，"因为我不知道这对人有何意义。如果你可以像牛一样耕地，像马一样拉车，像守羊狗一样看羊，那才叫真本事。

"亲爱的人啊，"火箭用非常傲慢的口吻喊道，"我现在终于知道你为什么无法成为上等人了，像我这样高等身份的人永远都不会有用处。我们只需要一点点才华就足够了。我对实业从来就没有好感，特别是你刚才夸赞的那些实业。我一直认为做苦力活永远都是闲人无所事事的最后选择。"

"好吧，好吧，"鸭子说，她一向性情温和，从不爱与人争执，"萝卜青菜各有所爱，我想，你无论如何得留在这里吧?"

　　"啊，当然不是，"火箭大声道，"我肯定要回到宫中啊，我可要在那里干一番轰动世界的大事情。这里既没有社交，又那么喧闹，实际上这里就是郊区。而我只是偶然到这里参观的客人，是尊贵的来宾。"

　　"我以前想过要为社会服务，"鸭子说，"因为这个社会有很多地方都需要改革，不久之前我就开了一次会，来表决反对所有我们不喜欢的东西，我在那次会议上是主席。但是那些决议压根就没有起到任何作用，所以现在我专注于家务，照顾我的家庭。"

　　"我生来就是要干一番大事业的人，"火箭说，"包括我所有的亲戚，甚至连那些最卑贱的也不例外，只要我们一出现，就能引起全场的注意。要是实在我抽不出身，但等我一出场，肯定是一个壮观的景象。而专注于家务，则会分散你做高尚的大事的注意力，会使人衰老，使人分心。"

　　"啊！做更高尚的事情是多么好啊！"鸭子感叹

道，"这使我感到自己肚子好饿。"她边"嘎嘎嘎"地叫着边游向下游。

"回来！回来！"火箭大声喊道，"我还有很多话没有说完呢！"但是鸭子并不理睬他。

"她走了我应该感到高兴，"他自言自语，"因为她的思想实在过于平庸。"他安慰自己天才都是寂寞的，身子又往烂泥里陷了一大截，忽然岸边跑来两个身着白色粗布外套的小男孩，手上提着水壶抱着柴火。

"他们一定是代表团的人了。"火箭极力做出庄严的样子，说道。

"嘿，"其中一个男孩喊道，"你瞧这里有根旧棍子！我搞不懂它怎么到这儿来了。"他将火箭从泥里捞出来。

"旧棍子？"火箭说，"不可能！金棍子，对，他说的就是金棍子，这是礼貌用语。实际上他把我误认为是宫里的大官了！"

"我们将它丢进火中吧！"另一个男孩提议道，"我们可以用它来烧水。"

他们将柴火堆在一起，将火箭放在最上面，点燃了火。

"真是了不起，"火箭嚷嚷，
"他们要在光天化日之下将我燃烧，
熊熊火焰会令每个人都看到。"

"现在我们去睡觉吧，"男孩们说，"等我们
醒来，水就烧开了。"他们躺在草地上，闭上眼睛睡
着了。

火箭的身体很潮湿，所以过了很久才燃烧起来。

"现在我终于要燃放了！"他挺直身体，喊道，
"我将飞得高过星星，高过月亮，高过太阳，我要飞得
更高——"

嘶嘶！嘶嘶！嘶嘶！他一直飞到了天上。"太有意
思了！"他兴奋地叫道，"我成功了！我要一直这样飞
个不停！"

但是却无一人看到他。

突然，他感到浑身刺痛。

"我马上就要爆炸了！"他嚷道，"我要轰动全世
界，我要出人头地，我要成为今后一年内人们讨论的唯
一的话题！"他的确爆炸了。砰！砰！砰！毫无疑问，

火药燃烧了。

　　但是没有一个人听到他的话，连那两个小男孩也因为睡得很熟而没有听到。现在就只剩下棍子一个人，他落在了一只正在沟边散步的鹅背上面。"天呐！"鹅叫起来，"下起了棍子雨！"她一跳就进入了水中。"我知道我将会出人头地的！"火箭喘着粗气说，随即熄灭了。

星孩儿

很久之前的一个寒冷的冬夜，两个穷樵夫正走在回家的路上。他们穿过一个地上有厚厚的积雪的大松林，路两旁的小树枝接二连三地被雪压断了；瀑布仿佛被冰王亲吻过，静静地悬在空中。

这夜太过于寒冷，连鸟兽都保护不好自己。

一匹狼从矮树林中走出来，他夹着尾巴，步伐一颠一跛的，喝道："唔！这天气太奇怪了，政府难道不管吗？"

"啾！啾！啾！"绿梅花雀叫道："大地已经衰老致死了，她已经被人们用白寿衣收殓了。"

"不，这是大地的结婚礼服，她要嫁出去啦。"斑鸠悄悄说。他觉得此情此景应该浪漫地看待，尽管他的小红脚已经被冻伤了。

"瞎说！"狼吼道："我和你们说，这一切全得怪政府，如果你们不相信我，我就要把你们都吃掉。"狼的想法非常实际，他从来都有绝佳的理由。

啄木鸟天生就是哲学家，她抱怨道："这种原子论的解释我很讨厌。一件事情原本是什么，那就是什么，现在的天气实在是太冷了。"

确实，天气太冷了。小松鼠们住在高高的杉树上面，互相擦着鼻子取暖，兔子们缩在他们的洞里，一眼都不敢向外看！貌似只有大角鸮喜欢这种天气。他们毫不在乎被白

霜冻结的羽毛，他
们又黄又大的眼睛骨碌
碌地转动着，隔着树唤着对方："吐毁
特！吐伙！吐毁特！吐伙！多好的天气呀！"

　　两个樵夫闷头继续往前走，一路上都在用力向他
们的手指吹着热气，带着铁钉的笨重的靴子乱踏在雪
块上。他们一不小心陷进了一个雪坑里，当他们爬出来
时，浑身雪白如磨面的磨面师；接着他们在又硬又滑的
冰（沼地上的水冻结的）上滑倒了，柴捆跌散了一地，
他们只好重新将它们拾起来绑到一起；最倒霉的是他们
走错了路，因为他们知道一旦睡在雪地里将会是多么恐
怖的一件事情，所以害怕得不行。但是他们对那位守护
着一切出门人的好圣马丁非常信赖，于是原路返回；他
们每走一步都格外小心翼翼，终于回到了树林口，远处
山谷中闪烁着他们村子的灯光。

　　他们大难不死逃过一劫，都高兴得大笑起来，此
刻的大地在他们眼中变成了一朵银花，月亮变成了一
朵金花。

　　但是没多久他们就不笑了，忧愁重新蔓延上他们的

脸颊，贫穷又困扰了他们，其中一个樵夫便说："生活永远都是偏向富人，不会偏向我们这样穷苦的人，我们有什么值得高兴的？还不如冻死在树林里，或者让野兽把我们抓去吃掉。"

"是的，"他的伙伴附和道："这个世界上充满了不公平，有人拥有的多，有人就拥有的少，只有忧伤分配得还算平均。"

就在他们互相抱怨自己的贫苦时，发生了一件奇怪的事。一颗明亮又美丽的星星从天而降，穿过其他星星，从天边溜了下来。他们望着它，感到很惊奇，他们觉得它好像落在了一丛柳树后面，距离小羊圈大约有丢过去一块石头的距离。

"啊！谁能找到它就能获得一坛金子！"他们边叫边跑，他们太渴望得到金子了。

另一个樵夫跑得更快，把他的小伙伴落在身后，他穿过柳树丛，来到柳树外面，看到雪地上面有一个金光闪闪的东西。他赶紧跑过去，在它跟前弯下身子，两手小心地抚摸着。这是一件金线织的斗篷，非常精致，上面绣着许多星星，叠了很多层褶子。他对他的同伴大喊说他已经找到从天而降的宝贝了，他的伙伴走近后，他俩一起坐在雪地上，掀开斗篷的褶子，准备平分金子。可惜的是，那里面连金银的影子都没有，什么宝物都没有，只有一个熟睡的婴儿。

其中一人说："我们的运气太差了，希望越大失望越大，一个婴儿对男人可没有任何好处，我们还是将它丢在这里，继续赶路吧。咱俩都是穷苦人，自己都没有孩子，更不要说将我们的口粮分给外人了。"

但是另外一人反对说："不，如果我们将他丢弃在冰天雪地里，他只有死路一条，这是多么缺德的事情啊。虽然我和你一样穷得常常揭不开锅，还要养活一大家子人，但我也要把他带回家，我妻子会照顾好他的。"

他把婴儿抱起来，眼中充满了慈爱的目光，他怕孩子受凉便用斗篷将孩子的身体裹好，之后便下了山回到村子里，他的同伴惊讶于他的傻气和软心肠。

他们回到村子后，那个同伴对他说："为了公平起见，你抱走了小孩，就应该把斗篷留给我。"

"不，"他拒绝道，"这个斗篷既不属于我，也不属于你，他是专属于小孩的。"说完他和同伴告了别，敲响了自己家的门。

门开了，他的妻子站在门内，看见丈夫平安到家，便搂住他的脖子亲吻他，她将他背上的柴捆放到地上，将他靴子上的积雪刷掉，示意他进屋。

可是他站在门外不肯进来："我刚在树林中发现了一个东西，就带回了家，以后需要你的照看。"

"什么东西？"她大声问道："快给我看看，咱们家现在空空如也，最缺东西了。"

他将斗篷掀开，熟睡的婴孩露了出来。

"哎呀，丈夫啊！"她生气地说，"你难道还嫌咱们自己的孩子少吗？这又带了一个'换来的孩子'来咱家吗？万一他给咱们招来厄运呢？我们又有什么资本来养他呢？"

"但他可是一个星孩啊。"他说完，又向他妻子讲述了他寻找星孩的奇特的经过。

可这依然没有平息她的怒火，她还在埋怨他，生气地大声嚷嚷："我们自己的小孩都要挨饿，你却还要养别人的孩子，谁来照顾我们呢？谁又能给我们饭吃？"

"别这样，上帝连麻雀都不会忽视，上帝连它们也照顾呢。"他反驳道。

"麻雀不也经常到了冬天就饿死吗？"她问，"现在不就是冬天吗？"

她丈夫不回答，沉默地站在门外，不肯进来。

门外吹进来一股寒风，她打了一个寒噤，颤抖着身体。她说："我好冷啊，你难道不应该把门关上吗？冷风都灌进屋了。"

"硬心肠的人家吹进来的风不都是寒冷的吗？"他反问，妻子却沉默了，她走到炉火旁边取暖。

过了一会儿，她扭头看他，泪水涟涟。他急忙走进来，将孩子放进她的怀里。她亲吻着他，将他抱到一张小床上，挨着他们最小的孩子。第二天樵夫和他的妻子将那件珍奇的金斗篷，连同星孩脖子上戴的琥珀项链，一起放进一个大柜子里。

就这样，樵夫不仅养育自己的孩子也养育星孩，

他的嘴唇好似红色花瓣，双眼好似清水河畔的紫罗兰，而他的身体就像未来及割过的田地上的水仙。

但是灾祸随之而来，他的美貌令他非常骄傲，他愈发变得残酷而且自私。他看不起任何人，包括樵夫的儿女，和村子中其他的小孩。他说他们身份低微卑贱，而他来自星星，出身高贵，于是他自诩为他们的主子，把他们当作自己的佣人。他对穷苦之人毫不怜悯，对瞎子等残疾人或是有疾病缠身的人毫不同情，反倒向他们丢石头，将他们赶到大路上去别处讨饭。所以在村里，只有无赖汉还在继续讨饭吃，就没有人再求施舍了。他总是嘲笑那些丑陋和羸弱的人，他只迷恋美丽，比如他自

己，在夏天没有一丝风的时候，他会躺在牧师的果园中那口水井旁边，望着水面上自己美丽的倒影，笑得合不拢嘴。

樵夫和他的妻子经常责备道："我们对你可从来不像你对待那些孤苦无助的需要怜悯的人那样，你为什么就这么残酷呢？"

老牧师经常找他谈话，教育他要爱惜世间万物："你不要伤害苍蝇，因为它们就是你的兄弟。野鸟在树林中飞来飞去，这是它们的自由，不要为了满足你的快乐就将它们捉走。上帝创造了蛇蜥和鼹鼠，它们都有各自的位置。你凭什么给上帝的世界带来痛苦呢？就连耕地的牛马都知道要赞美上帝。"

但是星孩完全无视这些话，一副蔑视的不开心的样子，他生气地走开，找到他的同伴去领导他们。他的同伴们都对他百依百顺，因为他长相英俊，懂音乐，能吹笛子，还会跳舞，他走起路来轻快得好似一阵风。无论什么地方，只要是星孩引他们去的，他们都会去；无论什么事情，只要是星孩吩咐的，他们都会做。他们在用尖细的芦苇刺进鼹鼠朦胧的眼睛时，放声大笑；他们在他向麻风病人丢石子的时候，拍手称快；做任何事情他们都受制于他的统治，因此也练就了和星孩一样的铁石心肠。

一天，一位穷苦的女乞丐来到这个村子中。她看起来格外凄惨，衣衫褴褛，双脚因为崎岖不平的山路而磨得鲜血淋淋，她疲惫不堪，便靠在一棵栗子树下小憩。

"瞧瞧！"星孩看到她后，唤来了他的同伴，"咱们快把这个肮脏丑陋的臭乞丐赶跑吧，那棵栗子树那么美丽，她可不配坐在那里。"

于是他捡起地上的石子，向她靠近，一边丢一边嘲笑她，她看到他后露出了惊恐的神色，她目不斜视地盯着他看。樵夫看到这一幕时，正在旁边的草料场砍木头，他赶紧跑过去责备道："你真是太残忍了，丝毫没有慈悲之怀，这个女人多可怜啊，她招你惹你了你要这样对她？"

星孩气得涨红了脸，边跺脚边说："你算老几，你有什么资格管我？我又不是你儿子，没义务听你唠叨。"

"这倒是事实，"樵夫说道，"不过当时我在树林中将你捡回家的时候，我也曾对你有过一丝怜悯的。"

女人听完突然大叫一声，随即晕倒在地。樵夫将她抱回家里，他的妻子负责照看她。待她醒过来，他们又给她递去食物和饮料。

但是她不吃不喝，只是一个劲儿地问樵夫："你是说这个孩子是从树林中捡回来的吗？时间是不是十年前的今天？"

"是的，"樵夫回答道："就是在十年前的今天，我在树林中发现的他。"

"那当时你发现他的时候，他身上可有什么信物吗？"她急切地大叫道："脖子上可挂有一串琥珀项链？身上可披有一件绣着星星的金线斗篷？"

"没错，"樵夫回答："正如你所说。"他说着将金线斗篷和琥珀项链从柜子里拿出来，递给她看。

她一见那些信物，顿时喜极而泣："他就是我的小儿子，十年前不小心丢失在了树林中，我找他已经走遍了全世界，我求求你，快把他叫来吧。"

樵夫和他的妻子便走出去，对星孩唤道："快回去吧，你的母亲来找你了，她正在屋里等你。"

　　星孩惊喜地跑回屋里，却看见女乞丐坐在那里等他，于是露出了轻蔑的笑容："喂，我怎么没见到我母亲？只有低贱的女乞丐。"

　　"我就是你的母亲。"女人回答道。

　　"你疯了吧？"星孩愤怒地吼道："我才不是你儿子，你这个讨饭的丑女人，衣服破破烂烂，浑身脏兮兮的。你赶紧给我滚，不要让我看到你那张令人作呕的脸。"

　　"不，"她大叫一声："你就是我的小儿子，出生在树林中，"她突然跪倒在地，伸出两只手想要抱他，继续喃喃地说，"你被强盗们偷走，他们把你丢进树林中任你自生自灭。但是我一眼就认出了你，包括那些信物：金线斗篷和琥珀项链。我求求你跟我走吧，我走遍了全世界只为了再见到你。我的孩子，我需要你的爱，跟我走吧。"

　　所有人都沉默了，除了那可怜女人痛苦的嚎哭，但这依旧没能打动星孩的心，他一动不动地站在那里。

　　最后他开口了，残酷无情地说："即使你真的是我母亲，与其到这里来丢我的脸，倒不如滚得远远的。因为我始终认为我是一颗星星的孩子，我从来没想到过我竟然会是乞丐的孩子。所以你还是滚开吧，不要再让我见到你。"

"哎呦！我的孩子啊，"她又大叫："那么我走之前你不应该亲我一下吗？你不知道我为了找你费劲千辛万苦啊。"

"绝不，"星孩拒绝道，"你太丑了，亲你还不如亲吻毒蛇或者蟾蜍一类的。"

女人伤心地站起来，哭着走进了树林。星孩一见她走了，高兴地跑回他的同伴身边，想和他们一起玩耍。

可是他们一见他，就开始挖苦道："看啊看啊，你的脸就和蟾蜍一样丑陋，你的心肠就和毒蛇一样可恶。你赶紧滚开，我们不欢迎你。"他们将他赶出了花园。

星孩皱起了眉头，自言自语："我没有听懂他们的话，我要去水井中照照，看看我自己多么美丽。"

他走到水井边，向水里看去，啊！他吓了一跳，他的脸真的和蟾蜍一样丑陋，身子也像毒蛇一样长满了鳞片。他趴在草地上，大哭起来："一定是因为我不仅不认我的母亲，还将她赶走了，我又傲慢又残忍，真是罪过啊。我要走遍全世界，将我的母亲找到，不找到她，我就永不停息。"

这时，樵夫的小女儿走了过来，将手搭在他的肩上，说："没关系的，你不就是失去了你的美貌吗？你还可以继续留下来，我们不会嘲笑你的。"

"不，"他拒绝道："因为我对我母亲太残忍了，所以上天给了我这个灾难性的惩罚。我应该离开这里，走遍全世界，直到我找到她，求得她的原谅。"

他说完就跑进了树林中，走到哪里都呼唤他的母亲，希望她能回到他身边，但是却无人应答。一整天，他都在呼唤她，直到太阳下山，他才躺在树叶铺成的床上，他的残忍太深入人心了，连马和兽一见他都躲得远远的，只有蟾蜍和毒蛇陪着他，蟾蜍一直望着他，毒蛇迟钝地从他身边爬过。

早晨他坐起身，用树上摘下来的几个苦果充饥，吃完又伤心地哭了起来，边哭边继续往树林深处走。每遇到一个东西，他都要询问一

下他的母亲。

他问鼹鼠："你能在地底下行走自如，请问你知道我的母亲在哪儿吗？"

鼹鼠回答："你忘了我的眼睛就是被你弄瞎的，我怎么可能看见呢？"

他问梅花雀："你能飞到高高的树顶上，俯瞰全世界，请问你知道我的母亲在哪儿吗？"

梅花雀回答："你忘了你为了好玩将我的双翅剪掉，我怎么能飞起来呢？"

他又问住在杉树上寂寞度日的小松鼠："我的母亲在哪儿？"

小松鼠回答："你忘了你已经把我的母亲杀死，难道你还要杀死自己的母亲吗？"

星孩大哭，他将头垂下来，恳求上帝创造的生物们能饶恕他的罪恶，他继续走着，第三天的时候他穿过了树林，来到平原，继续找寻他讨饭的母亲。

他来到一个村子，小孩们用石子丢他，嘲笑他的长相，乡下人嫌弃他如此肮脏，连谷仓也不让他睡，怕贮藏的麦子发霉，他们的长工也赶他走，没有一人对他有丝毫的怜悯心。三年以来，他走遍了全世界，却没有得到一丁点有关他讨饭母亲的消息，他时常出现幻觉，仿佛她就在他面前走着，他呼唤她，追赶她，直到双脚被尖硬的石头扎出血来。但是他永远也追不上她，那些路边的居民都说没有见过她或是和她类似的女人，只会拿他的悲惨经历当作茶余饭后的谈资。

三年的时间里，他走遍了全世界，他没有得到一点关爱、亲切和仁慈，然而这个世界正是他从前得意的时候为自己创造的啊。

一天晚上，他来到一座建在河边的城前，坚固的城墙围在四周，他虽然很累，脚也很疼，但他执意要进去。守城的士兵们将他拦住，横着戟粗暴地吼道："你进城有何贵干？"

他回答："我是来找我的母亲的，她可能就在这座城里，我求你让我进去。"

其中一人抚弄着他的黑色胡须，放下盾牌，挖苦道："我敢打赌你这副样子你母亲一定不乐意见你，你可比沼地上的蟾蜍和泽地上爬行的毒蛇还要丑陋。快滚开吧，你的母亲不在这里。"

另一个士兵手握黄旗，问他：“你的母亲是谁？你找她做什么？”

“我的母亲和我一样也是个乞丐，”他答道：“从前我对她不好，现在想要求得她的宽恕，我求你们放我进去吧，说不定她就在这里。”但他们仍然不同意，还用长矛戳他。

星孩哭着转身离开，这时来了一个身穿铠甲头戴头盔的人，他的铠甲嵌着金花，头盔上蹲着一头长着翅膀的雄狮，他问守门的士兵进城的是什么人，守兵回答：“是一个乞丐，来找同样是乞丐的母亲，但他已经被我们赶走了。”

“没这个必要，”那人大笑道，“这个丑陋的东西可以当作奴隶被咱们卖出去，价钱可以买来一碗甜酒呢。”

一个凶神恶煞的老人从旁边经过，大声说：“我愿意出价买他。”他付完了钱，拉起星孩的手带他进城了。

好几条街过去了，他们来到一户人家，一棵石榴树从墙头露出来，一道小门在树荫下的墙上开启。老人用一只雕花的碧玉戒指在门上碰了一下，门随之打开。他们沿着五级铜阶走下去，来到了一个花园，花园中满是黑色的罂粟花，还有不少绿色的瓦罐。老人将一块花绸巾从他的缠头布上解下来，蒙住星孩的双眼，引领他往前走。当绸巾取下他的眼睛时，星孩发现自己来到了一个地牢里，一盏牛角灯在燃烧。

"吃吧，"老人将一个木盘递给星孩，上面盛着一块发霉的面包，老人对他说："喝吧。"然后又递给他一杯带盐味的水。待他进食完毕后，老人走出去将门锁住，还拴上了一根牢固的铁链。

第二天老人又回到地牢里，他其实是利比亚魔术家中最出色的一个，他的师父住在尼罗河的一个坟墓中。他凶恶地看着星孩，命令道："这个邪教徒城的城门附近有一片树林，里面有三块金钱，白金、黄金和一块红色的金钱。今天你的任务就是把那块白金给我带回来，如果你没有拿到的话，我就要打你一百下。你快去吧，太阳下山时，我会在花园门口等你。如果你不把白金拿回来，可对你没有任何好处，你别忘了你是我的奴隶，我可是花了一碗甜酒的价钱买下你的。"他又用那块花绸巾蒙住星孩的双眼，引着他走出房屋，穿过花园，走上五级铜阶，然后用戒指把门打开，来到街上。

星孩走出城门，来到那片树林前。

远远望去，这是一片非常美丽的树林，好像能从树林中传来鸟鸣，飘来花香，星孩愉快地走了进去。但是这美好似乎并无益处，因为无论他走到哪里，地上又尖又粗的荆棘都会绊住他的脚步，他被荨麻刺痛，被蓟的刺戳痛，他痛苦极了。从早晨到中午，又从中午到夜晚，他找遍了整个树林，都没有找到魔术家口中的那块白金。太阳下山时，他失望地哭着离开，他知道前方等待他的会是什么。

就在他刚走出林子的时候，突然听到树丛中传来一声痛苦的哀叫。他将烦恼丢到脑后，转身跑回去，原来是一只兔子掉进了猎人设下的陷阱。

星孩看它很可怜，就将它放了，他说："我自己不过是一个奴隶，但我也有赋予你自由的权利。"

兔子回答说："谢谢你给了我自由，我将怎么报答你呢？"

星孩说："我的主人要我帮他找寻一块白金，如果找不到回去就会打我，但是我找了一整天也没有看到它的踪影。"

"你跟着我走，"兔子说，"我可以把你带到藏白金的地方，而且我知道为什么要藏在那里。"

星孩尾随着兔子往前走，瞧瞧！那块白金就藏在一棵老橡树的裂缝中。他激动不已，赶紧把那块白金抓起来，对兔子说："我对你不过是滴水之恩，你却当涌泉相报。"

"不是的，"兔子回答，"你是如何对我的，我也是如何对你的。"说完它跑远了，星孩也离开了这里往城里走去。

一个脸上裹着绿麻布头巾的麻风病人坐在城门口，他的眼睛好似烧红的煤炭，从麻布的两

个小孔里射出光来。他看到星孩走过来，便敲起一只木碗，摇着铃，呼唤星孩："求求你施舍给我一块钱吧，否则我就会饿死的。他们将我从城里赶了出来，却无一人可怜我。"

"哎！"星孩叹了口气，"我浑身上下只有一块钱，要是我不将它交给我的主人，我就会被挨打的，谁让我是他的奴隶啊。"

可是麻风病人一直哀求星孩，星孩动了恻隐之心，便将白金送给了他。

星孩回到魔术师家，魔术家把门打开带他进去，问道："那块白金你找到了吗？"星孩回答："还没有。"魔术家便将他打了一顿，然后将一个空木盘放在他面前，说："吃吧。"又给了他一个空杯子让他喝水，最后将他推到了地牢里。

第二天魔术家又对他说："如果今天你不能将黄金找到，我就把你当我的奴隶对待，抽你三百下鞭子。"

星孩便起身赶往树林，一整天他都在寻找黄金，却一无所获。日落时他坐在地上，伤心地哭了起来，那只被他救下来的小兔子又跑了过来。

"你哭什么？你这次又在找什么东西？"兔子问他。

"我在寻找这里隐藏的一块黄金，如果我找不到它，我的主人就会把我当奴隶打。"

"你跟我走。"兔子大声说，他跟着它在树林里跑，直到跑到一个池子前面，池子底静静地躺着一块黄金。

"我该如何感谢你呢？"星孩说，"你看，这已经是你第二次救我了。"

"不用啊，因为你先对我起恻隐之心的。"兔子说完又跑开了。

星孩将黄金放进袋子里，急忙回到城里。但是那个麻风病人一见他回来，赶紧跑过去当着他的面跪在地上，乞求道："求求你施舍我一块钱吧，否则我就饿死在街头了。"

"可是我的袋子里只有一块黄金，"星孩回答道，"如果我不能将它带回去，我的主人就会将我当奴隶一样鞭打。"

但是星孩拗不过大麻风病人的再三恳求，又动了恻隐之心，把黄金给了他。

魔术家见星孩又空手而归，问他："你又没有拿到黄金吗？"星孩回答："是的，没拿到。"魔术家又扑到他身上，暴打了他一顿，然后用链子锁住他，丢进了地牢里。

第二天魔术家又对他说："如果今天你将那块红金拿来，我立马就放你走，否则，今天就是你的死期。"

星孩又往树林中走去，一整天的时间都没有发现红金的踪影。傍晚时分，他又坐在地上伤心地哭泣，小兔子再一次来到他身边。

兔子说："你别哭了，我告诉你红金在哪儿，就在你背后的那个洞里，你一定要重新快乐起来啊。"

"这已经是你第三次救我了，"星孩叫道："我该如何回报你呢？"

"我不用你回报什么，因为是你先对我动了恻隐之心。"兔子说完又跑走了。

星孩转身走向洞里，在最远的一个角落里发现了红金。他将红金放进袋子里，急忙赶回城。那个大麻风病人一见他走来，便站在路中央喊他："求求你把

那块红金给我吧，否则我就会饿死的。"星孩又动了恻隐之心，将红金送给了他，说："你比我更需要它。"但是他的心却轻快不起来，因为他知道前方等待他的是什么。

但是当他走过城门的时候，守卫的士兵们全都向他鞠躬道："看我们的皇上多美！"市民们簇拥在他身后欢呼道："你是世界上最美的人！"星孩却突然哭着说："他们嘲笑我的不幸，拿我寻开心。"人群越聚越多，他走丢在人潮中，突然发现自己来到了一个大广场，一座王宫在他前方不远处。

宫门向他敞开，教士和大臣们全都跪着迎接他，鞠躬行礼说："您就是我们恭候多时的皇上，是我们国王的儿子。"

星孩却回答："我不是你们国王的儿子，我的母亲是一位讨饭的女人。而且我长得就和蟾蜍一样丑陋，怎么说我美丽呢？"

"皇上怎么这样说啊？"那个身着镶嵌金花的盔

甲、盔上有一头双翼雄狮的人拿起一面盾牌，大喊道。

星孩从盾牌的反射下看到了自己的脸，又和从前一样英俊了，并且有一种从未有过的光芒闪烁在他的眼里。

跪在地上的教士和大臣们对他说："很久之前有个预言家，说今天会来一位应当统治我们的领袖，所以请我们的皇上接过这顶王冠和这根节杖，做一个公正且仁慈的国王吧。"

但是星孩却说："我根本不配做你们的国王，我连我的亲生母亲都不愿认，在我找到她并求得她原谅之前，我不能休息。所以你们虽然给了我王冠和节杖，但我也不能耽误太久时间，你们还是放我走吧，我要走遍全世界把她找到。"他说完，扭头看向通往城门的街道，守城的士兵们四周围着一大群人，这群人中间站着那个大麻风病人，而他的母亲——那个讨饭的女人也站在那里。

他情不自禁地欢呼一声，急忙跑过去，跪在他母亲面前，一边用眼泪洗刷她脚上的伤口一边亲吻它们。他的头低到了尘埃里，像一个心碎的人那样啜泣着，他说："母亲，我志得意满的时候不认你，现在我卑微低下，你就原谅了我吧；母亲，我曾经恨过你，但现在请你宽恕我并爱我吧；母亲，我也曾拒绝过你，但现在希望你能收留你的不孝子啊。"但是讨饭的女人却始终沉默。

他又拽住大麻风病人那双没有血色的脚，说："我曾经对你动过三次恻隐之心，求求你让我母亲和我说句话吧。"但是大麻风病人也沉默着。

他大哭起来："母亲，我实在忍受不了我的痛苦了，你就饶恕我吧，让我回到树林中去。"讨饭女人摸着他的头说："起来吧孩子。"大麻风病人也摸着他的头说："起来吧孩子。"

他站起身，抬头一看，啊！原来他们是国王和

王后。

"这是你曾经救过的父亲。"王后说。

"这是你的母亲，你用眼泪为她洗刷伤口。"国王说。

他们搂住星孩的脖子，亲吻他，将他带进宫。他穿上华丽的王袍，戴着王冠，手握节杖，从此以后他就是这座建筑在河边的大城的主人。他赶走了邪恶的魔术家，送给樵夫夫妇俩许多贵重的礼物，同时赐予他们的儿女极大的恩典。他公正且仁慈地对待世间万物，他不允许任何人虐待鸟兽，用爱、亲切和仁慈普度众生，他不让穷人挨饿，给赤身裸体的人以衣服。城里一片和谐与繁荣的盛况。

但是，在他统治了短短三年后，他就因受苦太大、磨练太多而英年早逝了。他逝世后，继承他的国王很坏很坏。